多少の無理はしてでも。
自分の足で台所に立てるうちは調理すること
を続けていきたいと思っていますね。

昔のままの古い家ですけれど、
バリアフリーにしないで生活していま

笹本恒子

はつらつ!

恒子さん98歳、久子さん95歳
楽しみのおすそ分け

吉沢久子

清流出版

いくつになっても
自律してひとり暮らしを
楽しんでいらっしゃる
元気なおふたり。

〝そんなおふたりの
共通点は何だろう？
相違点は何だろう？〟

〝毎日の生活習慣、
物事の考え方など、
わたしたちがこれから歳を重ねていくうえで、
とても参考になるとともに、
心の拠《よ》り所になるに違いない！〟

——そんな疑問と期待が、
この本の誕生のきっかけでした。

大正、昭和、平成。
三つの時代を生きてこられた
二つの人生と知恵が、
約一世紀の時間を超えて出会いました。

おふたりの元気、明晰《めいせき》、現役の秘訣と、
明るく歳を取ることの楽しみを、
ぜひ、吸収してください。

きっと、歳を取ることへの不安がなくなります。
きっと、前向きに生きていく勇気がわいてきます。
人生は、生きることは、きっと、もっと、すてきで楽しい！

目次

構成…後藤淑子　装丁・本文デザイン…中岡一貴（アトリエ・シーレ）
写真撮影…田辺美樹（カバー・一章・三章・四章・六章・七章）／鶴崎燃（扉・二章・五章）
カラーページ写真撮影…編集部　イラスト…池畠裕美

笹本恒子

わたくしのこと

昨日より今日、そして明日が好き

◎パリの老人ホームと大きな夢

九八歳の誕生日を迎えたばかりの昨年秋に、フランス・パリを再訪しました。単行本（『笹本恒子の「わたくしの大好き」101』宝島社）企画のための取材旅行でしたが、その機会にどうしても訪れたかったところがありましてね。パリの北、ノジョン市にあるアーティストのための老人ホーム「芸術家の家」です。

わたくしがこの老人ホームのことを知ったのは、今から二七年前、一九八六年（昭和六一年）のこと。この街に住む嘉野稔《かのみのる》さんという彫刻家のアトリエを訪ねた折でした。彼のアトリエはこの老人ホームの下にある貸しアトリエで、世界各国のアーティストたちが作品を制作していました。そのアトリエから見る広大な庭と瀟洒《しょうしゃ》なお城のような館が、芸術家たちのための老人ホームと知って、目を丸くしてしまいました。以来、パリに来たらぜひ立ち寄ってみたい場所になっていました。

アーティストのための老人ホームなんて、いかにも芸術の都・パリらしいと思いませんか。

この館の元の持ち主は、スミス姉妹（姉は画家、妹は写真家）という方々で、子どものない自分たちの死後に、お金も家族もないような老いたアーティストたちの家にしてほしいと、国に寄贈したのだそうです。姉妹の意を受けて一九四五年に老人ホーム「芸術家の家」として開設されて以来、今日まで多くのアーティストたちの終《つい》の棲家《すみか》になっているんですね。

この老人ホームのことを知って、その二年後の一九八八年にわたくしは友人と一緒に取材に訪れています。当時入居していた何人かのアーティストたち（彫刻家や画家、それにアメリカ人のジャズドラマーもいました）を撮影して、話を聞いたりしましたが、みんな生き生きとしていてとても魅力的なシニアばかり。日本の老人ホームとのあまりの違いにショックを受けました。

そして今回が四度目の訪問になりましたが、森を背にした館の瀟洒な佇まいは何年経っても変わらないままでしたし、館内の明るいサロンやテラス、食堂、カフェなど、いたるところに住人である（だった）アーティストたちの作品が飾られていて、羨ましいほど豊かな時間が流れているのを実感しました。

こんな老人ホームがあることを日本の人たちにもぜひ知ってほしいという思いで取材をしてきましたが、実はわたくしの頭の中には、シニアたちのユートピアを作りたいという夢がムクムクと頭をもたげていましてね。

そう、日本版「老芸術家たちのホーム」です。

考えてみますと、北海道とは不思議なことに仕事関係でもプライベートでもさまざまなご縁が広がっています。その北海道に、ことに過疎地には広い土地や森がありますから、その自然を背景に、老年アーティストたちの老人ホームができないかしらと、途方もないようなことを考えだしているのですが……。近隣には芸術家を目指す若者たちの施設を造り、老年者と若者が交流し、互いに刺激し合うような空間ができたら、素敵でしょう。こんな施設がもし実現したら、ちょっと日本の高齢化社会も面白くなると思いません？

老アーティストたちはそこでもちろん作品を創り、さらに生計の収入源として大豆や小豆などを作るなどして、地域の人たちとも触れ合う。老人だって捨てたもんじゃないよ、と。

最期まで人と関わり合いながら働いて死ぬという人生こそ、人間として一番の幸せじゃないかしら。わたくしはそう思っています。

◎「面白そう！」という〝好奇心〟が原動力

幸せなことに、わたくしは九八歳になった今も仕事をする楽しみを味わっていますが、仕事だけじゃないですよね。趣味でも、ボランティアでも、何でもいいから、自分は社会とつながっていると感じられる何かを持っているかどうかは、元気に前向きに生きるためには、とても大事なことのような気がします。

若い頃には絵描き志望だったわたくしが、絵筆をカメラに持ち替えて、報道写真家という世界でお仕事ができるようになったのは、東京日日新聞（現・毎日新聞）の社会部長の小坂新夫さんとのご縁です。そしてそのご縁を作ってくれたのは母でしてね。

わたくしはまだ五歳ぐらいでしたが、わが家の空いていた離れ家屋を新聞記者の小坂さんにお貸ししたのがきっかけで、長年のお付き合いが始まりました。当時は「新聞記者と作家は家賃を払わずに逃げてしまうから、家は貸すな」なんて言われていたらしいけれど、母は「お仕事は何でも、お人柄を拝見すれば結構ですわ」と、お貸ししたようです。

小坂さんはその後、社会部長のポストに就かれて、絵の勉強をしていたわたくしは社会面のカットを描かせていただいていました。その小坂さんに財団法人「写真協会」ができたので、ちょっと覗いてみたら？と言われて好奇心旺盛で珍しいものが好きなわたくしですが、おずおずと出かけたのがことの始まりでした。二五歳のことです。

初の女性報道写真家などと言われますと、活発にどこにでも出かけ、誰にでも臆せず会って仕事をこなすバリバリの剛の者なんてイメージを持たれかねませんけれど、わたくしといえばその反対。引っ込み思案で、人見知りで、怖がりという三拍子揃っています（笑）。

もし何か職業的適性能力があるとしたら、お金になる、ならないよりも、「面白そう！」という〝好奇心〟で体が動いてしまうことでしょうか。たとえば、先のフランスの「芸術家の家」のことでもそうでしたね。

初めてこのことを知ったときは、わたくしは七〇代で、自分自身に引き寄せて考えれば興味が湧きます。それで翌年に一度訪ねたのですが、取材は拒否されました。で、次の年にもう一度申し込んで、やっと撮影と取材ができたわけです。このときの仕事は週刊誌に掲載してもらうことができましたけれど、いつもすぐにどこかの誌（紙）面に載るという話ばかりではありません。原稿も写真も出来上がったまま、何年も引き出しの中に眠っているような場合だって、多々ありますよ。

でもそれを気にしていたら、フリーランスでの仕事は動いていきません。自分が面白いと思えば、何とか費用は工面しながらでも手弁当でやってしまいます。きっと、考えてから走るのではなく、走ってから考えるタイプなんでしょうね。「時は待ってくれない」というのがわたくしの口癖ですから。

初めてパリに行ったときもそうでしたね。一九六八年、わたくしはすでに五四歳でした。ちょうどツアー旅行に銀行ローンが登場したので、チャンスだと思いましてね。

というのは、わたくしは絵描きの夢は諦めたけれど、夢を抱いて渡仏したアーティストたちはどんな生活をしているのだろうと、ずっと思っていたのね。だから、ローンで行けるならばと、パリ在住の日本人アーティストたちを取材することを思いつきました。まだ一ドル三百六十円の時代。ローンは一番長い返済期限にして費用を捻出しました。

たいていの人は、「お金は借りられても、返すのが大変でしょう。わたしならお金貯めてから行くわ」とおっしゃるんでしょうけれど、でもわたくしは、「貯めてからなんて冗談じゃない。チャンスがあればお金借りてでも行く。あとで働いて返していけばいいのだから」、そう考えますね。

その取材の際も、お金を返す当てはありませんでしたけれど、とにかく思い立ったら即行動に移したいわけです。

◎「今このとき」を精一杯生きたい

パリ在住の日本人アーティストを探すのも、パリに着いてからという無鉄砲さ。そこで、まずポンヌフのそばで日本人アーティストの作品を置いている店のオーナーに会って事情を話して、画家の一人を紹介してもらうことから始めました。

結局、一ヶ月半近くパリに滞在しての取材になりましたが、帰ってからすぐにどこかに発表の場が決まっているわけでも、写真展開催の計画があるわけでもなかったのです。けれど、このときに出会った方たちとのつながりが、その後のわたくしの人生を広げてくれましたね。

目先の計算はできないけれど、夢中になって出会いを楽しんでいると、いつもそれ以上の、思いもかけない大きな実りをいただいてきたような気がしています。

だから余計に年齢など数えているヒマはないのです（笑）。

ところが今の三〇代、四〇代といった若い人たちが、すでに老後のことを考えていると聞いて、耳を疑いますね。

それで思い出したのは、四〇代半ばの頃でしたが、同級生が三人集まっておしゃべりしたことがありましてね。友人が「あなた老後のこと、考えている？　わたしは墓地を買ったわ」「わたしもお墓の用意をしたの」っていう話になって、わたくしひとりが「えっー、冗談じゃないわ。これから生きるんじゃない⁉」って慌てましたね。

たしかに、若い頃から将来を見据えるというのは堅実な生き方なのかもしれませんが、わたくしはやっぱり「今このとき」を精一杯生きたいと思います。

ことに七〇代になってからもう一度写真家としてやっていこうと決心してからの一日一日は、毎日がもったいなくて。それからのわたくしの仕事は楽しいことが続きました。俳人の**鈴木真砂女**《すずきまさじょ》さん、**長岡輝子**《ながおかてるこ》さんら、「明治生まれの女性たち」の撮影を始めたのは、七六歳のときです。

＊鈴木真砂女…（一九〇六〜二〇〇三年）千葉県生まれ。俳人。「春蘭」を経て、久保田万太郎の「春燈」に入門。万太郎死後は安住敦に師事。離婚後、銀座一丁目に「卯波」という小料理屋を開店する。その後は「女将俳人」として生涯を過ごす。恋愛にまつわる句を多く残し、エッセイなども執筆した。

＊長岡輝子…（一九〇八〜二〇一〇年）岩手県生まれ。女優・演出家。劇団テアトル・コメディを結成。後に文学座に入り、演出家・女優として活躍。文学座退座後は「長岡輝子の会」をはじめ、多彩な活動をつづける。勲四等瑞宝章、ＮＨＫ放送文化賞を受賞。宮沢賢治の童話と詩を岩手の方言で語る朗読会を続け、菊池寛賞を受賞。

フリーの写真家で、しかも出版先や発表先も決まっていないなか、できることは誠心誠意の手紙と、これまでのわたくし自身の著作を送って撮影依頼をすることでした。

どこの馬の骨かもわからない写真家の依頼ですから、当然断られることも覚悟していましたが、予想以上に多くの方が受けてくださいましたね。もちろんそれからもお付き合いは続いて、忘れがたい想い出をいっぱいいただきました。

ほんとうに人とのつながりこそ財産だとつくづく思いますねぇ。

そんな財産を「どうやって増やせるんですか?」って訊かれたりするんですけれど、正直なところ、わたくし自身にもあまりわかりません。

ただ、仕事のあともお付き合いが続いている人が多いのは、もしかしたら〝親しき仲にも礼儀あり〟ということを大切にしているからかしら。一度親しくしていただいたとしても、それ以上こちらから近づくことはしません。よほど何かがあったときに伺うくらいの関係に留めます。馴れ馴れしく必要以上に踏み込まない。そのけじめが、信頼につながっているのかもしれない。

相手を利用しようという野心など待ち合わせていないことを、きっと皆さんに感じていただけたのかもしれません。

◎わたくしの「終活」について

長々とわたくしのことをお話してきましたが、「年を数えない」とはいえ、やはりこの頃はときどきハッと気づきます。そうか、あと二年生きられるかわからない。明日の朝、眠ったまま起きられないかもわからないわね、と(笑)。そう思うのだけれど、テレビや新聞を見ていて、面白そうな人を見つけると「あら、こういう人がいたのか?」と、メモしている。テレビの英会話には寝坊しない限りチャンネルを合わせるし、テレビ体操も欠かさない。つくづく自分は欲張りねぇ、となんだかおかしくなりますね。

五年前に椅子から転げ落ちて〝脊柱管狭窄症《せきちゅうかんきょうさくしょう》〟で苦しんだとき、周りに迷惑はかけられないと老人ホーム探しもしたけれど、どこも気に入らなくて結局自宅マンションの部屋を使いやすくリフォームしました。で、その際、壁を埋めていた五つの書棚の本を整理して、知り合いの大学の先生にお願いして持っていってもらったのね。そのときはもう余命いくばくもないから、こんな量の本を読む時間もないなと思ったのだけれど、今になって、あの本読みたかったなぁと後悔してるの（笑）。まぁ、後悔できるくらいだから、よかったわけですけれど。

今は、一日一日が大事ですし、余命いくばくもないという不安は抱えていますけれど、お仕事の予定などが入ると、不安などさらっと忘れて「撮影されるなら素敵な洋服を用意したいな」と思っている。そういう人間なんですね。ですから一晩で洋服作ったりして、撮影の日は得意顔です（笑）。

それでも最期の始末だけは用意していますよ。遺書もお墓のことも、周囲の人間が困らないようにいろいろな対処をして、死に仕度はしてありますし、お葬式に流す音楽も決めてあります。それはね、ラベルの「ボレロ」。音楽には疎《うと》いので、よく知っているのはこの曲くらい。
二四、五歳の頃のことでした。絵画研究所の友人の作品が大きな展覧会に落選したので、作品を取りに行くのに「ひとりじゃ淋しいから一緒に行ってくれないか」と頼まれましてね。
それで大きな絵を担いで重い足取りで上野の山を下りる帰り道、喫茶店に入ってお茶を飲んでいたら、彼が突然、店に流れている音楽を、「ラベルの『ボレロ』をかけてくれ」とリクエストしたの。タッタッカ……って「ボレロ」が流れてきたとき、さっきまでの重苦しさが嘘みたいに和らいでいくのを感じたのです。大昔に映画で観た、外人部隊が荒野をどこまでも胸を張って行進していくシーンが浮かんできて……。そうか、悲しいときにこういう音楽を聴くのもいいなあ、と思ったの。

だからわたくしのお葬式では、ラベルの「ボレロ」で、ちょっと勇壮に（笑）送ってもらうと決めてあるんです。

❼ 大切にしていることは何ですか？

人付き合い。親戚はもちろん、若い友だちは特に貴重です。

❽ 大切な人はいますか？

両親についで恩人です。わたくしの道を拓いてくれた毎日新聞の小坂さんや、林謙一さん。

❾ 誕生日はいつもどう過ごしていますか？

ひとりで普段通りに過ごしています。昨年は、普段よく行くレストランで友だちがパーティーを開いてくれました。

❿ 今、したいことはありますか？

書き溜めているエッセイをまとめて本にすること。エッセイに添える写真も自分で撮って。1冊分はできる量はありますが、2冊は欲張りかな。

⓫ 今、困っていることはありますか？

昔みたいにぴょんぴょん出歩けないことね。昔はよく活発に歩き回っていたものですが……。

⓬ 今、欲しいものは何ですか？

別に欲しいものはないですが、あえて言えば命、つまり時間です。ただ、時間があっても健康に過ごしたいですね。

⓭ これだけはしたくないと思っていることは？

嘘をつくこと。わたくしは少女の頃から馬鹿正直。そのせいか、これまでたくさん人に嘘をつかれて散々な思いもしました。

笹本さんに18の質問

❶　睡眠時間は何時間ですか？

7時間ほどです。ただ、何度も夜中に起きているので、実際はもっと短いです。

❷　好きなテレビ番組は何ですか？

特にないのですが、ニュース番組とドキュメンタリー番組はなるべく見るようにしています。

❸　一番幸せと思うのはどんなときですか？

ひとり暮らしですから、24時間、自由でいられること。あとは昔の知人や友人から電話がかかってきたときとか。

❹　何をしているときが楽しいですか？

ワインを飲んでいるときに、親戚や知人と電話でお喋りすることです。お酒はひとりよりふたり、ふたりより大勢がいいですね。

❺　一番辛いと思うことは何でしょう？

同級生や昔馴染みがみんな亡くなってしまったことです。「ほら、あれ」と言って、話が通じる相手がいなくなるのは淋しいものです。

❻　大切にしているものは何ですか？

わりに、物にはこだわりがないですね。あまり物欲がないのかしら。ただ、人にあげて、後悔することはあるんですけれど（笑）。

⓮ 最後の晩餐には何が食べたいですか？
おいしいものなら何でもいいです。ただ、牛肉はいつも食べているし、強いて言えば新鮮な海の幸かしらね。

⓯ 人生やり直せたら何をしたいですか？
やっぱり今みたいに、写真を撮ったり、絵を描いたり、文章を書いていたい。わたくしは何か創造性のあることが好きなのでしょうね。

⓰ 人生の後悔はありますか？
若い時期にもっともっと勉強しておけばよかったと。語学にしてもそう。フランスに何度も行っていますが、未だにほとんど喋れませんし。

⓱ もし、一つだけ願いが叶うとしたら？
冴えた頭と、時間が欲しいです。若い頃に戻って、素敵な恋をして……というのは夢物語ね（笑）。

⓲ 今日までの人生の満足度は何点ですか？
どうでしょう、80 点はあるでしょうか。欲張ったらいけませんね。でも､やりたいことはこれからもたくさんあるので、まだ何点とは言えないかな。

普段の生活、少しだけお見せします

笹本恒子

好きな場所といえば、やはりリフォームして広くなったリビングかしら。日当たりはいつもよくて、真冬でもサンルームのように暖かくなります。窓外の景色も、わたくしにとっては日常になっておりますが、お客さまがみえると、みなさん「壮観ですねー」とおっしゃるの。夜景もキレイなんですよ。

四〇年以上住んでいると、少し景色は変わりました。大きなビルもたくさん建ちましたし。でも近所は低層住宅が多いので、見晴しは相変わらずいいの。富士山も遠くに見えますしね。今は、かろうじて高層ビルの脇に、ちょっとだけですけれど。

リビングに飾るインテリアは、エスニックなものがわりと好きですね。
　また、わたくしは、お土産物屋やお部屋に飾るインテリアを買うとき、どうもちょっと面白いな、変わっているな、と思ったものを買うようです。

このラクダの腸を使ったランプは珍しいし、面白いでしょ。一目ぼれして、何個かまとめて買ったのです。

松ぼっくりは、昔カリフォルニアに行ったときに、標高一〇〇〇メートルくらいの高地で拾ってきたものなんです。こんな大きいのが、ぼこぼこたくさん落ちている（笑）。ああ、これは面白いと思ってスーツケースにたくさん詰めて帰りましたが、お土産物としてみなさんに喜ばれました。今は税関でひっかかって無理かもしれませんね。
　自分で色を塗ってみたりもしました。もっとたくさんあったけれど、欲しいという人にあげ

リビングの入り口の上に飾っているのはなべ掴み（笑）。イタリアのベニスにある、ある島で専門に作っているものなんです。旅行のときに買ってきて、かわいらしいので飾りにしています。なべ掴みだから、なべ掴みにしか使ってはいけないというルールもありませんものね（笑）。

わたくしの場合、飾り物や置物は、本来の目的とは違った使い方をしているものが多いかもしれません。左はグアテマラのお土産物でいただいた帽子。洗濯したら縮んでしまったので、上下逆さまにしてオブジェ風にしているのです。でもこれ、みなさん誰も帽子とは気づかないですね。

たんです。ここだけの話、「インテリアとして売ったら儲かるかもしれませんよ」と友人に言われました（笑）。素材はタダですしね。

この染物は、師事した福沢一郎先生の作品。今でも彼の画集は時々見ます。日本のシュールレアリズムの先駆者、ほんとにすごい方で、今でも尊敬しております。

物置にしている部屋にある、私だけの小さなワインセラー。いただきものですが、高級なワインがあって、いつか皆さんをお呼びして開けようと思っています。
　ワインでも、わたくしの場合は赤。これを夕食時に一杯くらい飲むのがここ三〇年の日課です。ポリフェノールが体にいいなんて、まったく知りませんでした。ただ、好きだから飲んでいただけ。わたくしの好きなチョコレートもポリフェノールが豊富なんですってね。何だか、不思議です。

恥ずかしいんですけれど、ひとり用の小ぢんまりとした台所です。ここで、炒めものも、煮物もちゃちゃっと作っています（笑）。

食器棚はもう少し大きなものだったのですが、ひとり用には大きすぎるので、お願いして小さく上を取り外してもらいました。冷蔵庫もひとり用サイズね。

テレビを見たり、電話などでお話していていて、気になったことがあれば、すぐにメモ用紙に記録します。いわゆる「何でもメモ」。テレビの英会話の番組を見ていて、ちょっと書き取ったり。

無印良品の落書き帳に使用済みカレンダーの絵柄を巻き付けています。このわたくし流の備忘録、もう、三〇年以上続けていますから、かなり溜まっていますよ。これとは別に日記もつけていますが、それはちょっとお見せできませんけれど（笑）。

テレビを見ていて、ふっとメモを取るのはほとんどソファですけれど、手紙や、今執筆中のエッセイなどを書くときは、ちゃんと机に向かって書いています。昼間は陽光が入ってきて、明るいし、気持ちよく書けるのです。

今ベランダで咲いている花は、ゼラニウムとパンジーね。ゼラニウムは冬でもキレイな花を咲かせるので好きです。日当たりがいいので、一年中花がなくなることはないですね。ベランダにはちょっとパンくずを置いておくと、スズメが来るのです。カラスが来ると嫌だから、そっとパンくずだけね、少し置いておくの。

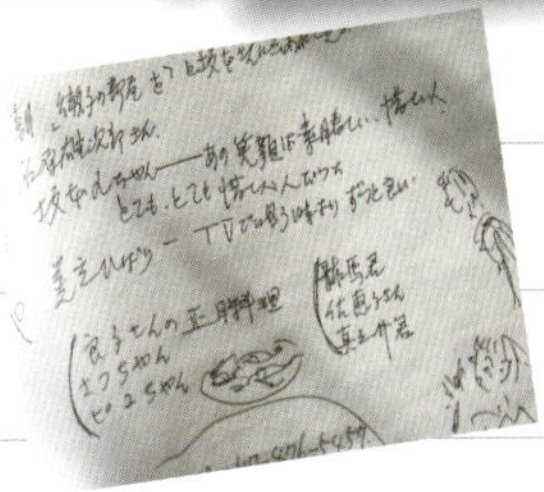

カメラは、最近はキヤノンのEOS KISSを使っています。オートで軽くて撮りやすいんです。わたくしが若い頃にはスピグラ（スピードグラフ）やライカを使っていたけれど大違い（笑）。それに、小型のデジタルカメラを、思い立ったらすぐに撮影できるように持ち歩いています。ちょっとしたスナップや記録用にね。

愛読書と呼べるほどのものは特にないけれど、画集はわりと思い立ったら見ることがあります。読みたい本はたくさんあるのですが、近頃は忙しくてなかなか読書の時間が持てませんね。

＊笹本恒子さんの一日の平均的スケジュール＊

6時　目覚め・起床
NHKの英語講座を見て、テレビ体操

6時40分　シャワー
テレビの朝のニュースを見て、新聞に目を通す。

7時50分　朝食の準備

8時　朝食

8時15分　思いついたことや、気になったことをメモ
家の片づけ

12時　昼食の準備

12時30分　昼食

13時　来客とのお喋り・お手紙書きなど
気が向くと、お菓子を少し。買い物や郵便を出すための外出は週に1,2回。

19時　夕食の準備

19時30分　夕食

20時　仕事（講演など）の準備、執筆
原稿チェックなど

23時　就寝

いつもこんなに決まりきった生活ではありません。来客は毎日ではありませんし日によって変化します。
でも、とにかく、一日がたつのは早いですね（笑）。

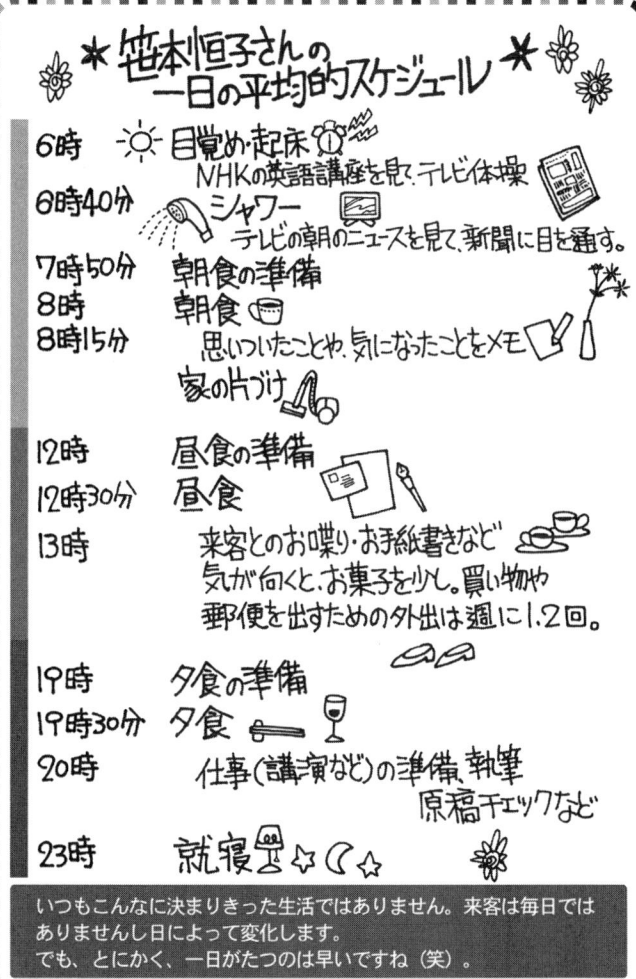

笹本恒子さんの脳細胞にカツを入れる暮らしの五ヶ条

その一

規則正しくバランスの取れた食生活……夕食は、腹八分に抑えた肉料理中心のバランスよい手作り料理に主食はワイン。また、チーズ、ヨーグルトなどの乳製品にチョコレートが大好物。間食はしても、少しだけ。

その二

こまめな運動……住まいの高層マンション一〇階から買い物、外食、展覧会など、ことあるごとに外出する気力と行動力。毎朝のテレビ体操に合わせて体を動かし、六〇歳までは毎日六〇回やっていた前屈運動（九八歳の今も前屈で手が床につく柔軟性を保持）を習慣にしている。

その三

旺盛な知的好奇心……毎日じっくり新聞に目を通す。新聞のよい点は自分の

興味のない事柄も勝手に目に飛び込んでくるところ。社会面、文化面、政治面、家庭面と目を通す。放っておくとダラダラしてしまいがちな日常に活力を与えるためにも、新聞のみならず、本や雑誌を読むのも欠かさない。

その四

手先、指先を使う……①手仕事をする。自作のポンチョ作り（後記）など、針仕事をして、手先、指先を使う。②筆まめになる。気軽に手紙を書いて交流を深めたり、一日をゆったりと振り返って就寝前に日記を書く。もちろん、パソコンではなく、手書きで。

その五

身だしなみには手を抜かない……身だしなみの基本は食事と同じで、いつ人さまに見られても恥ずかしくないような服装を心がけること。装うことは大好きだが、人と同じものを着たりマネをするのは嫌い。だからブランド物はほとんど身につけない。

マダム向けのブティックより、若い人向けの店や売り場を覗くのが大好き。ちょっと手を加えれば、自分にも着られる安価で新鮮なデザインの服が好き。ユニクロの黒のニットのスリムなワンピース（二千円代）に白のタートルネックのシャツに細い黒のパンツ、それに黒の帽子というファッションで、試写会などにも出かける。

安価な服はそのまま着るのではなく、合わせる服や、小物でコーディネートを考える。すてきになるポイントは、一番にカラーコーディネート。楽しみながら工夫する時間が、脳を活性化させると、笹本さんは考えている。


笹本流ファッションスタイル……基本は、自分が一番よく見える服を着ること。「人さまが作ったファッションを着るだけじゃなく、自分らしい装いをアレンジしたり、作ったりできるのです」と言う笹本さんのファッションは、ご本人いわく、やや色黒の肌に映える東南アジア系、中南米の色彩が主流。アフリカの泥染めの布、南米の織物など好きな布を雑貨店などで見つけると買っておいて、あとで洋服にしたり、インテリアに使ったりする。

手作りの服を作るといっても、型紙も要らないごく簡単なもの。ミシンがなくても大丈夫。ほとんど手縫いで間に合う。
＊好きなストールを二つ折りにして、衿と袖に無地の別布を縫いつけて足せばシンプルでモダンな軽コートが完成。
＊アフリカの泥染めの長い布を二つ折りにして、左右を皮ひもで留めただけのポンチョ。これにタートルネックのセーターと細身のパンツを合わせて、すてきなオリジナルファッションに。
どれもが手縫いで一時間半もあれば完成する、優れもの。

いわゆる装う視点一つにしても、世間の尺度や常識よりも自分自身に最も似合うファッションを楽しむ。その工夫と知恵を面白がることが、脳細胞の活性化につながるに違いない。

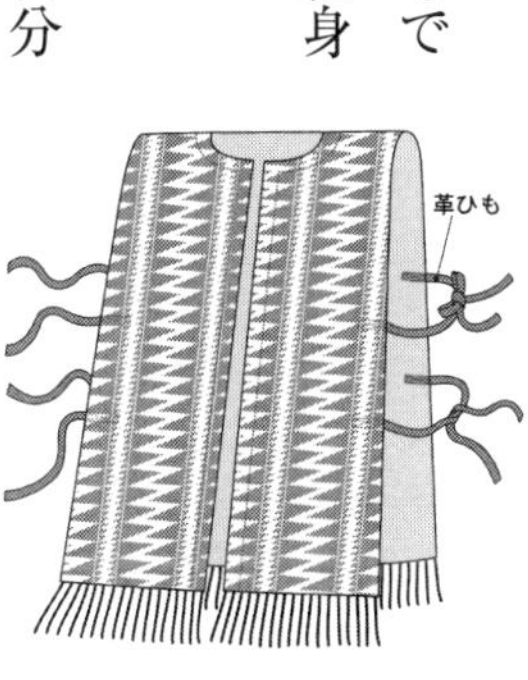

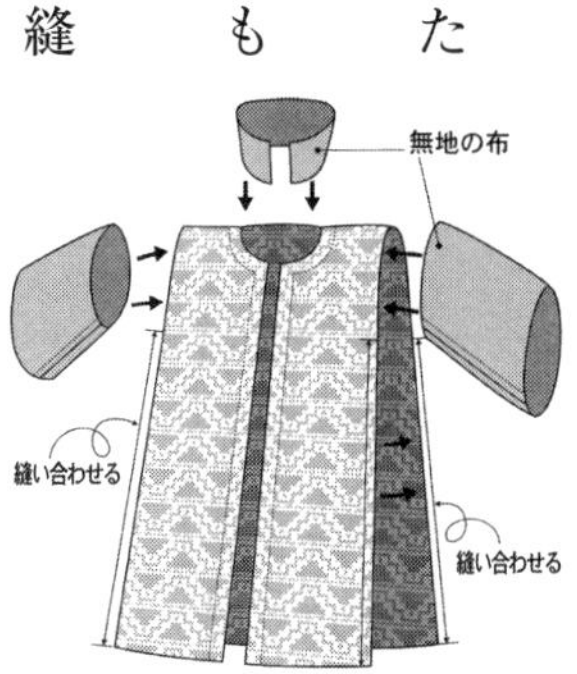

歳を重ねて初めてわかること、見える風景。

笹本恒子・吉沢久子　対談

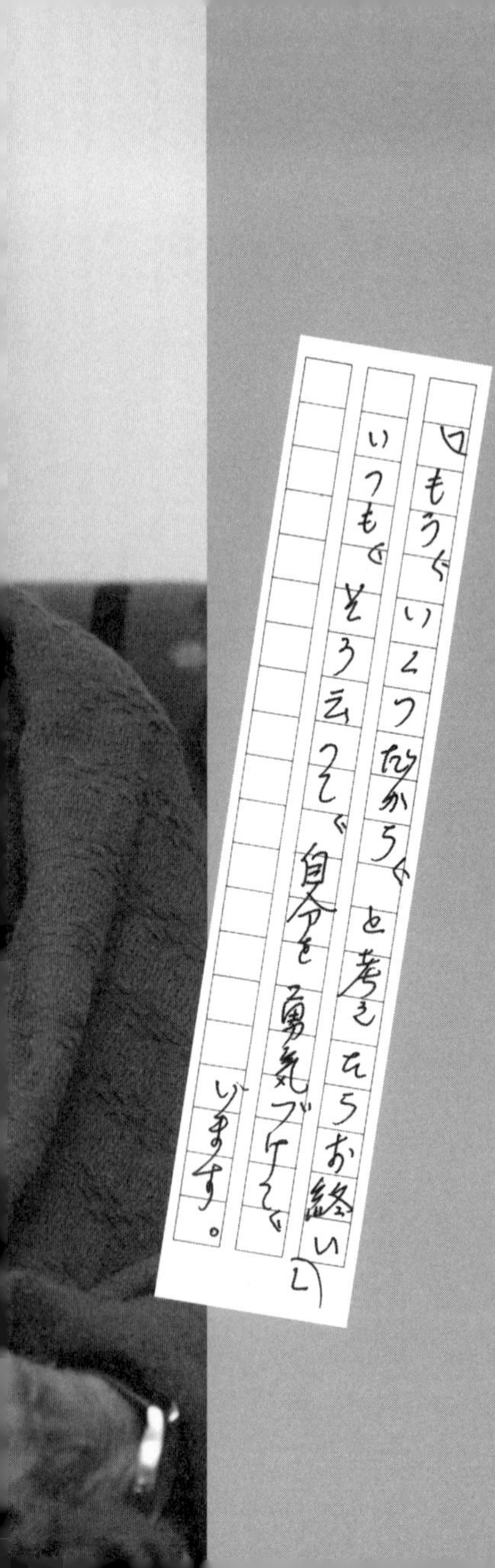

一章
大正・昭和・平成を生きてきて

人生、いつ何が起こるかわからない

吉沢　笹本さんを拝見していて、〝老い〟なんて言葉、浮かんできませんね。本当に何なのでしょう、その若々しさの源《みなもと》って?

笹本　恐れ入ります。

吉沢さんのような方にそう言われると、照れてしまいますが、親戚の者たちはわたくしを「怪物」って陰口叩いているんですよ（笑）。

秘訣なんて何もないんです。最近は朝目覚めると、「ああ、今日も生きていた」って（笑）。

それにわたくし、根が欲張りなんでしょうか、まだまだやりたいと思うことが、次から次へと湧いてきましてね。そうすると、脚が痛い、腰が痛いなんてことも、ついさっきまでの心細さも、いつの間にか頭から消え去っているんです。ふふふっ。

吉沢　わたしもこの歳になっても、何でも知りたいという欲は全然なくならないんです。

けれど、七〇代の後半あたりから〝老い〟は感じ始めました。脚を痛めて動くのが辛くなったこともあるのでしょう、何をするのも「面倒だな」と思ったりするようになって。そのあたりからですね、〝老い〟とどう向き合ったらいいかを真剣に考え始めたのは。

笹本　わたくしは長い間、自分の年齢はあえて数えないようにしてきていたのです。〝老い〟という言葉も、頭から締め出しています。「もういくつだから、と考えたらお終い！」、いつもそう言って、自分を奮い立たせています。ある程度は、老体にムチは必要ですよ（笑）。

でも、やっぱり朝起きて、動き出すまではやっとの思い。ベッドから下りて、壁に手をついてやっと立ち上がる。リビングまで移動するまでの一連の動作がひと苦労です。テレビ体操の動きに合わせて、体を動かしていると、やっと体が軽くなってきます。歳を取るにつれて、体と頭が目覚めるまでに時間がかかりますね。

そんなふうですからね、わたくしの本が大勢の方に読まれていることが何だか不思議。九〇歳を過ぎても現役の看板下ろさずに仕事をして、人生を面白がって生きているからかしら。

吉沢

わたしだってそうですよ。笹本さんと違って、老いを道連れのように齢を重ねながら、少しでも充実した生き方をしたいなと思ってコツコツ書いてきているだけですから。

ただわたしはいつも、自分に与えられた状況の中で、耐えるとか我慢するというより、「わたしならこういうふうにやってみよう」と思うんです。状況が変わらないなら、そのなかでどうしたら気持ちが治まるかを自分なりに考え、工夫し、楽しみたいという思いで生きてきています。それが皆さんへのエールになっているのかな、とも思いますけれど。

九六歳で亡くなった姑が、九〇歳を前にした頃、「この歳にならなきゃわからないことはあるけれど、こんなに生きるなんて思わなかった」なんて言っていましたけど、そのときの姑の気持ちがよくわかるようになりました。

笹本 地球が勝手に早く回っている気がしますね。昨夜もお月見していて、ちょっとほかのことに気を取られて目を離した隙に、お月さまの位置が下に降りている。あぁ、あれだけ（わたくしも）歳を取ったんだわって（笑）。

吉沢 ほんとにそうですね。「一日一日を大切に生きていらっしゃいますね」なんて、みなさん言ってくださるんですが、本人はそんなふうに感じたことがなくて、ただできることをやっているだけです。

笹本 大切に、なんて正直忘れちゃっていますねぇ、毎日することが多くて。一日一日あっという間に過ぎてしまって。気がついたら「あらっ！」っていう感じです。

以前はどなたかが九〇何歳って聞いて、「すごいわねぇ」って言っていたのが、わが身になってびっくりしているんですもの。

吉沢 そうです、そうです（笑）。わたしなど若いときには「二五歳で死ぬ」なんて言っていたんですよ。笹本さんはご存知かしら。一五歳で自殺した**清水澄子**《しみずすみこ》の『さゝやき』っていう本のこと。

笹本 夭折の文学少女と言われた人ですよね。戦前の女学生たちはあの詩集がロマンチックな憧れでしたね。

吉沢 そう、わたしも憧れましてね。それで二五年以上生きたら、世の中の汚れに染まるから二五歳で死ぬんだと。そう言っていたんですよ。夫にも喋っていたらしいのね。五〇歳ぐらいになった頃、「君、二五の二倍も生きてるよ」って言われちゃいました（笑）。

笹本 わたくしはね、二年前なんですよ、自分の年齢を明かしたのは。なぜなら、やっぱり「えっ、その歳で？」って思われるのが嫌でしたし、「そんな歳でちゃんと撮れるの？」って露骨におっしゃる方もいらっしゃいますからね。だから年齢を訊かれても、「歳はないの、ごめんなさい」

で、ずっとやり過ごしてきました。

ところが最近は九〇代でお元気な人たちが珍しくなくなっているし、考えたらわたくしも一〇〇歳にもう間がない。もういいか、と……（笑）。

たまたま以前、知り合いになった方の写真展の会場で、談笑していたときに何気なく「今年の九月で九六歳になるんですよ」と話しましたらね、皆さんがひどく驚いて、「じゃあ、お誕生日の頃に写真展を」ということになって。それからです、今日のような忙しさが始まったのは。

新聞も取り上げてくれたので、広島、岡山、仙台といった遠方から

＊清水澄子…（一九〇九～一九二五年）詩人。長野県生まれ。教員の両親のもとに生まれ育ち、上田高等女学校三年生のときに自殺。彼女が書き残した詩や随筆を父親がまとめ、東京の出版社から『さゝやき』として再編集し出版。当時の女学生の圧倒的な支持を集め、ベストセラーとなった。

わざわざ見に来てくださった方がいたりして、驚きました。この歳まで仕事をしている女性はあまりいないということなんでしょうね。（上野動物園の）パンダになった気分。ただ、歳を公表しちゃったら、余計にちゃんとしていなきゃって、気が張りますね。

吉沢　わたしは反対に、四〇代ぐらいからずっと講演のときなどでも「今年、何歳になりました」と話すようにしています。生活評論家という仕事は生活者の視点や経験が説得力になりますから。その点では自然体です。写真家と生活評論家とでは、こんなにも違うものなんですねぇ。

笹本　そうですわね。だからわたくしには、先ほどの「もういくつだから、と考えたらお終い！」の呪文が必要になるのです。仕事には年齢は関係ない、年齢を言い訳にしたくないと思うことで、今日まで続けられてきたんだろうと思いますね。この頃は人さまがおっしゃってくださるから、（歳を）意識せずにはいられなくなりましたけれど（笑）。

わたしたちの一〇代

吉沢　でもうれしいですね。清水澄子さんを知っている方がいらして(笑)。

笹本　一四、五の女学生の頃は、少女雑誌に投稿したりしていた文学少女でしたから(笑)。あの頃あった『**少女画報**』に、短い詩が入選して載ったこともあります。それで**西条八十**《さいじょうやそ》さん（詩人・作詞家）が『**蝋人形**』という詩誌を創刊するから、参加しないかっていう手紙をいただいた

＊『少女画報』…一九一二年に創刊し、一九四二年に廃刊。戦前の少女雑誌のひとつ。『婦人画報』の姉妹誌として東京社が発行した。

＊西条八十…（一八九二～一九七〇年）詩人・作詞家。東京都生まれ。象徴詩の詩人としての活躍の一方、歌謡曲の作詞も手掛け、「青い山脈」「誰か故郷を想わざる」など多くのヒット曲を世に送った。また、児童文芸誌『赤い鳥』などに「カナリア」、「肩たたき」など多くの童謡を発表し、大正期を代表する童謡詩人と称された。

＊『蝋人形』…西条八十が創刊し、発行した詩誌。一九三〇年から一九四四年まで月刊で刊行された。

吉沢　んですけれど、なんだか怖くてやめました。

笹本　まぁ、そうでしたか。そう、『少女画報』ありました。『**令女界**』なんて雑誌もありましたね。

吉沢　『令女界』は少し大人向きね。少し背伸びしないと無理でした。

笹本　わたしは、投稿はしませんでしたが、同人雑誌をやっていました。こちらも文学少女だったんです（笑）。

女学校のときにね、あの頃S《エス》なんて言って、上級生の女性への憧れというか、恋愛ごっこが流行ったの。憧れの〝お姉さま〟への恋文だとか詩だとか、みんな書きましたね。それをわたくしが集めて、綴《と》じて、みんなで回し読みしていたら、先生に見つかりましてね。「誰が作ったんだ！」って、教員室に呼ばれて、ひどく叱られました。

＊『令女界』…一九二二年に創刊し、一九五〇年に休刊。『少女画報』と並び、戦前の少女雑誌のひとつ。女学校高学年から二十歳前後の未婚の女性を読者対象とした。宝文館が発行した。

吉沢　わたしは童話です。子どもが読むような物語を書いていました。発表したのは、一、二回ぐらいですけれど、せっせと書いていました。今でも児童文学協会会員ですけれど。

笹本　あら、すてきですわね。わたくしも短い文や詩に挿絵などして楽しんでいましたけれど、戦争でみんな焼けちゃいました、少女時代の思い出は。

吉沢　わたしの青春の思い出も、疎開先に運ぶ途中で無くなりました。あの頃は物を運ぶといえば鉄道便だけですものね。駅に爆弾が落ちて列車が燃えたとか、いろんなことがありましたから。

大震災も戦争もくぐり抜けて

笹本　**関東大震災**（大正十二年九月一日）は覚えていらっしゃる？
あの日、わたくしの九歳のお誕生日でしてね。学校から帰って明日持っていく宿題の工作を兄に手伝ってもらいながら縁側で作っていたら、いきなり「ドスン！」という揺れがきて、屋根瓦がガラガラと落ちてきた。その音の怖さといったら、生きた心地がしなかった。

吉沢　わたしは四つぐらいでしたから、ほとんど記憶にないんです。（墨田区）木場の母方の祖母の家で遭っているんですが、覚えているのは隣のおじさんが、タライを頭にかぶって慌てて走っていく恰好がおかしくて、ゲラゲラ笑ったこと。あとは祖母に手を引かれて、ただただ歩いたっていうことだけですね。

笹本　だったら、終戦はおいくつのとき？

吉沢　二七歳でした。鉄道省に納める教科書会社に速記者として勤めていました。戦争中どこかに勤めていないと、軍需工場に行かされましたた

＊関東大震災…一九二三年（大正一二年）九月一日一一時五八分、神奈川県相模湾北西沖八〇キロを震源として発生したマグニチュード7.9の大正関東地震による地震災害。死者・行方不明者は一〇万五千人あまり。全壊家屋一〇万九千、焼失家屋二万二千という被害をもたらした。

から。

笹本 わたくしは三一歳の誕生日を目前にしていました。結婚していましたから、軍需工場には行かなくてよかったんです。

でも戦時中は、新聞やラジオを聞いていると、じっとしていては申し訳ない気持ちになりまして、学校で子どもたちにボランティアで絵を教えたいと申し出たら、「要りません」と言われましたね。授産所に手伝いに行っても、そこは戦争未亡人でいっぱいで、「あなたみたいな人に仕事を取られたら困る」って断られて、そうなふうでしたね。

当時はどこの家庭も同じですが、いつ夫を戦地に送ることになるかわからないから、毎日、外の足音に脅えながら暮らしていました。夫がいなくなったとき、いかにひとりで生活していこうかというのは頭から離れませんでしたね。

夫は終戦になる二年前に召集されましたが、入隊して四ヶ月目に営庭内の作業中に足首を骨折して召集解除となっていましてね。昭和二〇年三月の東京大空襲は、東京・大久保の自宅で遭ったんです。いよいよ東京も危ないと、四月に千葉へ疎開しました。終戦はそこで迎えましたが、自宅は戦災で全焼でした。

吉沢 その頃はすでに報道写真家のお仕事をされていたんでしたね。

笹本 ええ、ちょうど二六歳の年の昭和一五年に財団法人写真協会に入って、そこで初めてカメラを持ちましてね。日中戦争たけなわの頃です。そこで報道写真の世界を教えられたのがスタートでした。でも、一年後には家の事情で辞めなければならなくなりましてね。その年の夏に結婚し、三ヵ月後には太平洋戦争開戦でした。

終戦後は二ヶ月目ぐらいから復刊した千葉新聞で働き始めましたが、翌年には東京に戻って婦人民主新聞の嘱託社員になって、さらに翌年の二二年にフリーになって仕事を始めています。

吉沢 誰もが生きることに一所懸命な時期でしたね。

吉沢　「職業婦人」になりましたね。

笹本　「職業婦人」なんて言葉もありましたね。ヘンな言葉よね。小学校のときに母親が教師をしている同級生がいて「うちのお母さまは職業婦人なのよ」って得意そうに言っていて、「何のこと？」って訊いたことあります。いまだに言う方がありますね。だったら男性は「職業男性」って言うのかしら。

吉沢　そういう時代だったんでしょう。だから当時働くというのは、本当にひとり立ちしたいという気持ちが強くないと世間に流されましたね。女性の仕事っていえば、事務職に就けたらよかったほうですから。

笹本　女性の花形職業といえば、電話交換手や和文タイピストでしたでしょう。

わたくしは女学校の頃に、先生に将来の希望を訊かれてクラスメートのほとんどが「お嫁さんになりたい」と言うなか、「絵描きか、作家か、新聞記者になりたい」って答えていました。

一番なりたかったのは画家でした。でも父親に「それでは食べていかれない」と反対されて、高等専門学校の家政科に入りました。けれども結局、中退しました。それからは絵の研究所に通いながら、洋裁学校にも通いました。

吉沢

洋裁学校では同級生のお友だちに、父親がいない人がいて、母親が洋裁の内職をして家族を支えていたのを知っていましたから、たとえ絵で食べられなくても、洋裁ができれば生活はできると考えたのね。

実際に、のちの長いブランクの年月は、そのときに覚えた洋裁の技術があったから乗り越えられたようなものでした。

わたしの場合は、子どもの頃から人に頼って生きるのは嫌だなっていうのがありましてね。両親はわたしが幼い頃に離婚していますが、母親は人に頼らなければ生きられない人だったから、そういうのを見ていて、わたしはそうなりたくないと思っていました。でもあの時代の女性は、それも仕方がなかったと、大人になってからわかることですけれど。若い頃はとにかく早く自立したいという気持ちが強かったですね。

笹本　速記を仕事にされたのも、その気持ちからですの？

吉沢　いえ、初めて勤めたところが**石井満**《いしいみつる》先生（教育学者）がいらっしゃった育英事業の事務所で、先生は本をお書きになっていましたから、話を記録できる速記者がほしいと思われていたみたいでした。「君、速記やらない？（これからの専門の）仕事としてもいいよ」っておっしゃるので、「はい、いたします」と。それで速記の勉強を始めました。ですから、昼間は事務所で事務員として働いて、夕食を摂る時間もなく、タイプライターや速記を習いに夜学に通いました。

＊石井満…（一八九一～一九七七年）出版人・教育学者。長野県生まれ。新渡戸稲造に師事し、鉄道院事務官、東京市電気局総務課長を経て、日本出版協会会長に就任。ＧＨＱの指導で戦争責任を問われた出版社の粛清を行ない、夏目漱石の著作権問題の処理に当たった。学校法人精華学園理事長などを務めた。

速記を仕事にしてからは、勉強したかった栄養学校にもわりとラクに行かれましたし、時間に余裕もできたので、もう少し勉強したいと文化学院で学びました。

それまでは女性にとって仕事のチャンスなど限られていたわけですから、やれることなら何でもという意気込みはありましたね。興味があればいろんなことをしてみたかった。といっても、自分の手が届くことを、諦めないで、ただ一所懸命にやってきただけなんですけれど。

笹本 そう。目の前の門戸が開かれたような心の弾みがありましたね。現実はそう簡単なものではなかったけれど（笑）。

昭和の懐かしい文士たち

吉沢 笹本さんの写真集を拝見していると、そんな自分の若い頃の風景が浮かんでくるんですよ。写っている「昭和の人々」の中には、身近にいらっしゃった方たちが何人もいて、懐かしい思い出が甦ってきます。壺井栄《つぼいさかえ》さん（作家）のお住まいは、わが家とは阿佐ヶ谷の北と南でわりと近かったものですから、よくお寄りくださったんですよ。「原稿書かなきゃならないけれど、子どもたちが騒いで書けないから、茶ダンスの上で書くのよ」なんて、笑っておっしゃっていたことを思い出して懐かしい。

笹本 壺井栄さんはすごい方で、たしか二人の戦災孤児を養子になさっていましたよね。わたくしは中野のお宅で撮影をさせていただいたことがありますが、気持ちのおおらかな凛とした方という印象が強く残っています。壺井さんをはじめ、阿佐ヶ谷周辺は文士の方たちのお宅が

＊壺井栄…（一八九九～一九六七年）小説家・詩人。香川県生まれ。処女作である『大根の葉』を発表後も、数多くの作品を執筆。芸術選奨文部大臣賞をはじめ、新潮文芸賞・児童文学賞などを受賞。一九五二年に発表された『二十四の瞳』は一九五四年に木下恵介監督・高峰秀子主演で映画化された。

多くて、文士村なんて言われていましたね。

吉沢　「阿佐ヶ谷会」という文学関係者の会があったんですね。**青柳瑞穂**《あおやぎみずほ》さん（仏文学者・美術評論家）のお宅に皆さんが集まりましてね。わたしも夫（文芸評論家の**古谷綱武**《ふるやつなたけ》氏）について、お手伝いに行ったりしましたが、そういうお仲間が、散歩のついでに「古谷の所に寄っていこうか」なんてことで、よくお寄りになったんですよ。

阿佐ヶ谷駅に近い商店街に「ピノキオ」という中華料理店がありま

＊青柳瑞穂…（一八九九〜一九七一年）仏文学者・詩人・美術評論家。山梨県生まれ。ジャン＝ジャック・ルソーの『孤独な散歩者の夢想』の翻訳で、戸川秋骨賞を受賞。慶應義塾大学仏文科、同予科の非常勤講師となる。『ささやかな日本発掘』により第一二回読売文学賞受賞。中央線沿線に住む文士たちの集い「阿佐ヶ谷会」のまとめ役でもあった。

＊古谷綱武…（一九〇八〜一九八四年）文芸評論家。ベルギー生まれ。父の古谷重綱が外交官だったためロンドンで育つ。富永次郎、河上徹太郎、中原中也らと同人雑誌『白痴群』を創刊、評論や小説を発表する。戦後は児童文学論、女性論、人生論関係の著書が多い。

してね。そこをやっていたのが**永井龍男**《ながいたつお》さん（作家）のお兄さま。戦後、中国から帰国されたものの働く場がないので、当分の間シュウマイ作って売ろうか、という話になり、阿佐ヶ谷会のお仲間みなさんが協力しましてね。案内状を書いたり、口コミで宣伝したり。古谷も**井伏鱒二**《いぶせますじ》さん（作家）をはじめ、知り合いの方々のところに定期的にシュウマイを運ぶことを手伝ったりしていました。

西荻窪の「こけし屋」は現在もありますが、このお店では「カルバ

＊永井龍男…（一九〇四～一九九〇年）小説家・随筆家・編集者。東京都生まれ。小林秀雄らと同人誌『青銅時代』『山繭』に参加。文藝春秋社に入社、四六年（昭和二一）まで勤め、『オール讀物』『文藝春秋』の編集長を歴任。第二次世界大戦後、『胡桃割り』、『朝霧』などの好短編、最初の新聞小説『風ふたたび』などを発表。芸術院会員、文化勲章受章。

＊井伏鱒二…（一八九八～一九九三年）小説家。広島県生まれ。『鯉』を『三田文学』に、翌年『山椒魚』を『文芸都市』に発表。『ジョン万次郎漂流記』で直木賞受賞。代表作に『珍品堂主人』『黒い雨』などがある。井伏文学は、早くから老成した風格があり、その冷徹な目を和らげるユーモアに独特の味があるとされる。文化勲章受章。日本芸術院会員。

ドスの会」という文士の集まりがありました。森繁久彌《もりしげひさや》さん（俳優）が、興に乗って歌ったりしていらっしゃったのを覚えています。

笹本さんの写真集を見ていると、そんな当時のことが次々に浮かんできてしまって……。

笹本 そんなふうにおっしゃっていただけたら光栄です。井伏鱒二さんは、あるグラフ雑誌の依頼で撮影に伺いましてね。これがとても大変でした。お宅のお庭で撮らせていただいたんですけれど、そもそも大の写真嫌いな方だから、照れくさいらしく、全然カメラのほうを向いてくださらない。やっとカメラが視線を捕らえたのが一枚だけで、その貴重な一枚が残りました。

吉沢 そのときの井伏さんの照れくさそうな様子が手にとるようにわかります（笑）。わたしは井伏さんとは直にお話したことはありませんけれど、古谷を通じて存じ上げていました。

思い出すのは、駅前に丹羽文雄《にわふみお》さん（作家）の先妻の方がやっている飲み屋さんがあって、文学者仲間の溜まり場のようになっていたんですね。わたしもいたときでしたが、議論し合っていた人たちの間が険悪になって、周りはみんなどうなるかと気をもんでいたんです。

突然奥の席にいた井伏さんが素《す》っ頓狂《とんきょう》な声で、「あのなぁ、おトミさん（女将）がおしっこしたいんだって」と、飄々《ひょうひょう》とおっしゃったんですよ。途端にみんなゲラゲラ大笑い。改めてすてきな方だなぁと、

＊森繁久彌…（一九一三〜二〇〇九年）俳優。大阪府生まれ。古川緑波一座などを経て、新京放送局に勤務。戦後は新宿ムーラン・ルージュ、帝劇ミュージカルスなどに出演、人気を得る。舞台でも多くの傑作を残し、『屋根の上のヴァイオリン弾き』は一九六七年の初演以来九〇〇回の上演を重ね、観客動員数延べ一六五万人の大記録を打ち立てた。紫綬褒章、文化功労者、文化勲章など多数受賞。死後、国民栄誉賞が贈られた。

＊丹羽文雄…（一九〇四〜二〇〇五年）小説家。三重県生まれ。『鮎』が『文藝春秋』に掲載されたのを機に上京、作家生活に入る。代表作に『親鸞』、『蓮如』（野間文芸賞受賞）などがある。創作活動のほかに、日本文芸家協会の運営に尽力。また同人雑誌『文学者』を独力発行し後進の育成に寄与。芸術院会員、文化勲章受章。

笹本　思いましたねぇ。

あの頃の作家や文化人といった方々は、ほんとにみなさん個性的でしたね。阿佐ヶ谷にお住まいではなかったけれど、**佐多稲子**《さたいねこ》さん（作家）はわたくしがどうしても撮りたいと思って取材した初めての女性でしてね。

写真協会に入って二、三ヶ月経った頃でしたが、「女性の立場で企画を考えてみなさい」と上司に言われたとき、まず浮かんだのが女性アーティスト、表現者たちです。で、真っ先に佐多稲子さんをと願い出ましてね。佐多さんの小説『くれなゐ《い》』を読んでとても感動したからです。姓がまだ窪川《くぼかわ》のときでしたけれど、想像していた以上に清々しい清潔なお人柄と容貌に魅入られました。今でも撮影したときの情景が浮かびます。

そのことがご縁になって、戦後になってからですが、佐多さんのお嬢様の結婚式の写真も撮らせていただきましたね。

吉沢さんのお話を伺っているうちに、わたくしもあれこれ思い出しました。そんな昔の思い出話が楽しくできるんですから、長生きするのも悪くないですねぇ。考えたら、わたくしなど一世紀近い見聞記が書けます（笑）。

＊佐多稲子…（一九〇四～一九九八年）小説家。長崎県生まれ。二八年『キャラメル工場から』を発表、作家生活に入る。戦後の創立時からリーダーを務めた「婦人民主クラブ」の活動を一貫して続け、委員長も務めた。『女の宿』で女流文学賞、『樹影』で野間文芸賞、『時に佇つ』川端康成賞を受賞。ほかに『くれなゐ』、『素足の娘』、『歯車』、『灰色の午後』、『渓流』などがある。

二章
生き抜く知恵、工夫する楽しさ

今のように何でもあるような時代からしたら、
不便で不幸だったけれど、
お陰で知恵はいっぱいつきました。

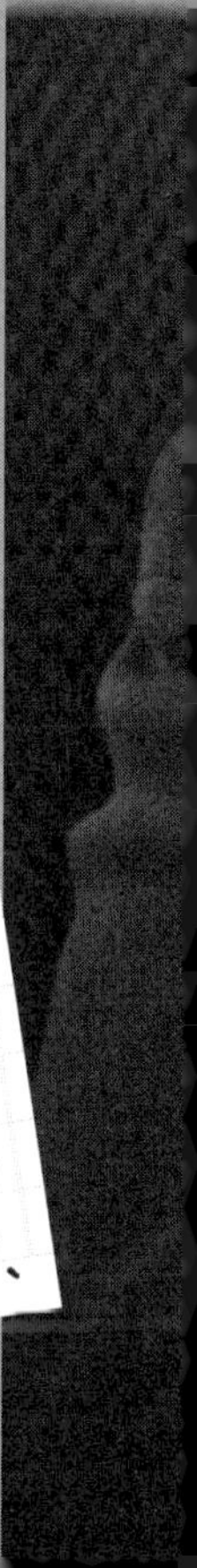

我々、サバイバルには自信あり！

吉沢　いつだったかテレビで、飢えて栄養失調になっている北朝鮮の子どもの姿を放映していたけれど、戦時の食糧難を思い出して、胸が痛くなりました。飢えって、ほんとうに辛いものですよね。どこの国であろうと、もう二度と人が飢えで苦しむようなことはあってほしくない。間違っても子どもたちに味わわせたくないと、つくづく思います。

笹本　わたくしも一番苦しかった思い出といえば、やはり食糧難の頃のことです。戦況が厳しくなった時期の野菜の配給なんて、一週間に大根が五センチほどにとうもろこしの粉ぐらいだったでしょう。

吉沢　そうでした。家の庭に南瓜《かぼちゃ》を作って葉も茎も食べつくしました。そのせいで戦後しばらくは南瓜の顔も見たくありませんでしたもの（笑）。

あの頃、わたしは下宿のおばさんみたいに暮らしていましてね。夫の弟の**古谷綱正**《つなまさ》さんは新聞記者でしたから、どこかの農家から会社が買い込んだ沢庵を、一〇本抱えて帰ってきて、玄関を開けるなり「もう嫌になっちゃった！」って放り出すの。沢庵臭いでしょう、電車の中で臭うんですね。それも一〇本もだから（笑）。でも貴重な食料ですし、持って帰らなきゃ食べるものがないと思ったんでしょうね。それをわたしが「まぁ、ステキ！　お料理するわッ」って喜んだから、それからは、わたしのこと「まぁ、ステキさん」ってからかって呼んでいました（笑）。

笹本　当時は臭い、なんて言っていられません。わたくしたちも多摩川の

＊古谷綱正…（一九一二〜一九八九年）東京都生まれ。ジャーナリスト・ニュースキャスター。東京日日新聞社（現・毎日新聞社）に入社。学芸部などのデスクを経て論説委員となり、コラム「余録」を執筆。退社後はＴＢＳテレビ「ニュースコープ」のキャスターを務めた。日本記者クラブ賞受賞。

河原で、食べられそうな草の葉っぱを摘んできては食べていました。ザリガニもゆでて食べましたが、こちらはお勧めできません（笑）。

庭にあった柿の木の若葉も細く刻んでかき揚にしました。これは意外にパリパリしておいしかった。柿の実の皮などは干して砂糖の代わりにしましたね。砂糖もお塩も配給で、それもほんのちょっとだけでしたから。

お砂糖はガマンしても塩が欲しかったの。それと油ね、植物油。お酒の配給が来ると、お酒呑みの人のところに行って油の券と換えてもらうの。それでみなさんがスイトン作って食べるところを、わたくしはドーナツにしていました。

吉沢　わたしはお砂糖が欲しかったですねぇ。特別配給はあっても、とても足りないし、普段はサッカリンだとか、いろんな甘味料がありましたけれど、ただ甘けりゃいいっていうだけの代物でしたね。

それで勤め先の月給が百二十円なのに、お砂糖一貫目（約三・七五キログラム）四百円で買ったことがありました。どうしても甘い物が食べたくて。

笹本 それから思いだすのは、山ごぼうの葉っぱ。これもねっとりして美味しいから、よく食べましたね。

いつだったか目黒の公園の外に山ごぼうがいっぱい自生しているのを見つけて「あっ、あんなにある！」って、とっさに採ろうとしました。気づいて、とてもおかしかった。戦時中の悲しき習性が身についてしまっています（笑）。

吉沢 食べたといえば、タンポポや、サツマイモの茎も煮て食べましたね。椿の花を天ぷらにしたり、どくだみも天ぷらにすれば匂いは気になりません。だから野草の食べ方なんて、うまいものです（笑）。

今でもハルジオンなんか青くてきれいな葉っぱでしょう。見つけると、どうしても食べたくなって、菜飯にします。少しアクがあるけど、それが案外おいしい。悲しいけれど、あの時にずいぶん生きる術を学びましたから、サバイバルに強いですね、わたしたちは。

知恵を使えば生活は楽しくなる

笹本 強いです。それに、「何でもやってみよう」でした。

食糧難の飢えを満たすのに、野草を摘んで食べた苦労を生かしてご商売なさったのが、料理研究家の**阿部《あ べ》なを**さんね。植物図鑑を手に山に入って覚えた知識で、戦後は上野に料理屋さんを開いたんですから。

吉沢 阿部さんがおっしゃっていました。「この頃の人たちって、なんでも工夫するってことしないわねぇ」って。

＊阿部なを…（一九一一〜一九九六年）青森県生まれ。料理研究家。人間国宝の堀柳女に師事し人形作家となる。洋画家・阿部合成と結婚したがその後離婚。東京上野のみちのく料理店「北畔（ほくはん）」を経営した。料理研究家としてテレビ・雑誌などのメディアで幅広く活躍した。

笹本　そうそう。ウドの皮をきんぴらにして出したら「なんだ、オバサンは捨てるもので金を取るのか」って言われたとおっしゃってた。

吉沢　わたしはあの皮のきんぴらが食べたくて、ウド買いますよ。

笹本　でしょう。皮がおいしいのよね。それにウドは上のほうは細く短冊に切って酢味噌和えに、下のほうは甘辛く煮ると箸休めにもなるし。特に山ウドはおいしい。

吉沢　飢えを知れば、どんなものでもおいしく食べる知恵を絞るし、物がない時代なら、生活するにも工夫を凝らすしかないですものね。今のように何でもあるような時代からしたら、不便で不幸だったけれど、お陰で知恵はいっぱいつきました。

　この前の東日本大震災のとき、週刊誌の女性記者の方が電話をかけていらしてね。「停電で電気釜が使えなくなったら、（ご飯炊くのに）どうすればいいんでしょうか?」って訊かれて、びっくりしました。今の人は、ご飯は電気釜で炊くという生活しか知らないんですね。

うちの姪なんかも見ていると、無駄が多くて「もう少し、しっかりしろ！」って思うことがあるけれど、若い人にそれを言ったら、「なぜ？」って戸惑うんじゃないでしょうかね。もっともこれは個人差があって、若い人でもやる人はやっていますけれど。

笹本 無駄に気がつかないっていうのは、それだけ恵まれている時代ということなんでしょうけれど、でも、もし生きるぎりぎりのところに追い詰められたら、誰だって生きる知恵は出てくるものだと思います、きっと。とにかく何でも諦めちゃダメですね。

吉沢 そう。今のこの泰平《たいへい》な時代だって、いつ身につまされる状況になるかわからないですよ。

今でも食べることをいい加減にできないのは、きっとあの頃に味わった食べ物への飢餓感ですね。だから食べるならおいしく食べたいという、食に対する欲求や好奇心は、我々の世代は強いですよ。食い意地が張っていますす（笑）。

笹本　そうですよ。おいしいものを食べたいから、自分で作るんです。最近はみなさんデパ地下などで出来合いのお惣菜を買っては、食卓に並べていらっしゃるけれど、わたくしは添加物が嫌でめったに買いません。

三章 「世間に流されない」「人任せにしない」生活習慣

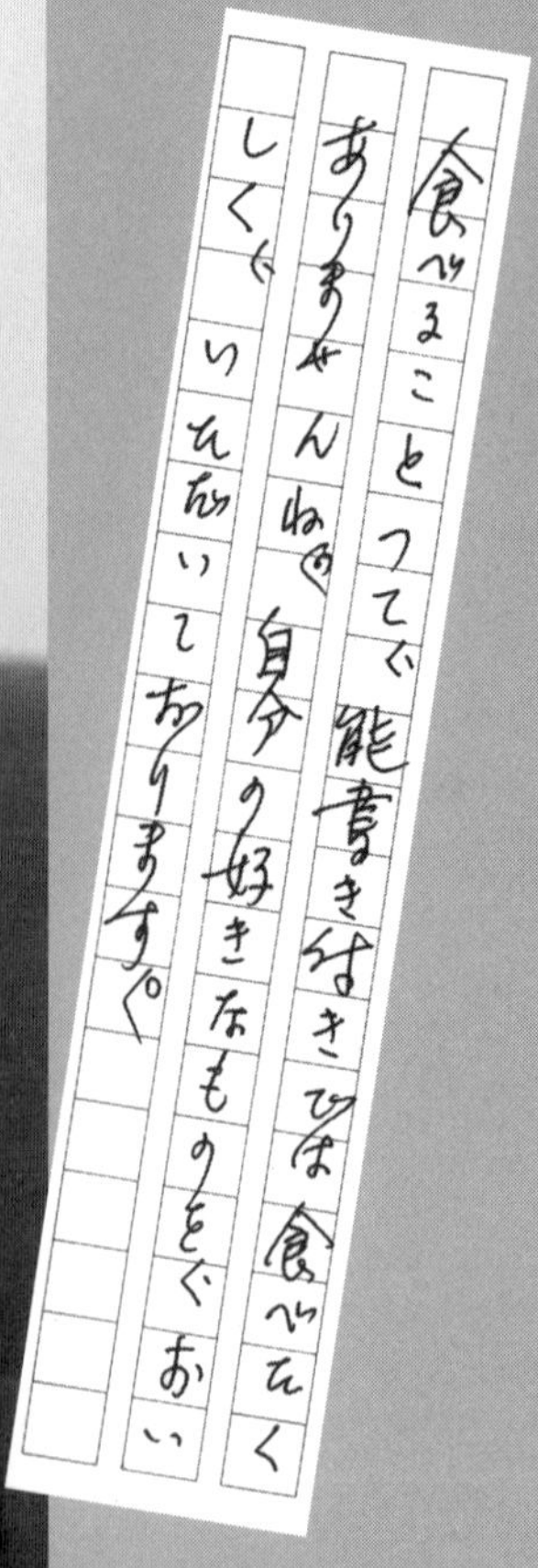
食べることって、能書き付きでは食べたく
ありませんね。自分の好きなものを、おい
しく、いただいております。

「老人食」なんてありません

笹本　食べ物の話を始めると止まらないわね（笑）。

これ笑い話みたいになるけれど、人さまからお菓子とかいただくでしょう。わたくしの年齢を察して、気を遣って柔らかくて口の中で溶けやすいお菓子やおせんべいを送ってくださる方が多いのね。

ところがわたくしはおせんべいなら堅焼きが好き、パンでも皮がパリパリしたフランスパンが好き、しかも温野菜より生野菜派です（笑）。

老人は消化のよいお豆腐や海藻、白身のお魚といった淡白な食物が体にいいなどと言われているけれど、あれはウソ、間違いです。

吉沢　そうですね。やっぱりお肉は食べなきゃいけない。老年学の**柴田博**《しばたひろし》先生は、高齢者も肉を食べなさい、それもなるべくなら大きい動物の肉を食べなさい、とおっしゃっています。

笹本　わたくしは牛肉が大好き。

吉沢　わたしも牛肉はよく食べます。牛肉のヒレを薄く切って、さっと焼いておろし醤油で食べるのが好きなんです。

笹本　おいしそう！　わたくしは脂身がないとダメ。霜降りじゃないと。姑もすき焼きをすると「わたしに牛脂をちょうだい」って言いましてね。大好きでした。

吉沢　友だちが、レストランで食事をしている姑を見たそうで、「お宅のおばあちゃま、タンシチュウ食べていらしたけれど、あんなの召し上がるの？」って訊いてきたんですね。「大好物で、うちでもよく作るんですよ」って言ったら、目を丸くしていましたね。

＊柴田博…一九三七年北海道生まれ。医学博士。東京大学医学部第四内科、東京都老人医療センター、東京都老人総合研究所副所長を経て桜美林大学大学院老年学教授。高齢者の寿命と高い生活水準、社会貢献を促すために、東京都、文部科学省、厚生労働省などの研究プロジェクトのリーダーを務めてきた。著書は『肉食のすすめ』、『元気に長生き元気に死のう』など多数。

笹本　わたくしも夕食は油ものの一品がないと物足りないの。よく作るのは、鶏肉をお醬油とお酒につけておいて、粉をまぶしてジャーッと揚げるだけの竜田揚げ。かきフライやオニオンリングも大好き。
さっぱり、あっさりの料理なんて食べた気がしないですから。
お昼にお蕎麦でも、というときでも、冷蔵庫のあり合わせの野菜、にんじんがあれば、桜海老を混ぜてかき揚を作り天ぷら蕎麦にします。揚げ物ひとり分なんて小さなお鍋に少量の油で簡単に作れますから。

吉沢　簡単ですよね。でもわたしはこの頃、天ぷらなど揚げ物が食べたくなったら、外で食べるようにしています。二、三年前からちょっと動作が鈍くなったと感じていて、もし何かあったときにひとりで対処できないんじゃないかと不安で、気をつけているんです。

笹本　じゃあ、わたくしは図々しいですねぇ。吉沢さんより年上なのに、ちっとも怖がっていない（笑）。
それどころか、ジャガイモをマッチ棒大に細切りにして、水にさらし、冷蔵庫でしばらく冷やしておいて、揚げ油が冷たいときから入れてじっくり揚げると、カリッと揚がっておいしいの。よくやります。

吉沢　わたしも好きです、それ。

笹本　食べることって、能書き付きでは食べたくないですね。コレステロール値を下げるのに何とかがいいとか、頭の老化防止に青魚を食べなさいとか、あれこれ言われますけれど、そういうのとはあまり関係なく、自分の好きなものをおいしくいただきたい。ことにわたくしは青魚は嫌いなので、魚なら白身のお刺身か、鮎ぐらいですね。

吉沢　魚はお刺身で食べるのが一番ですね。

笹本　子どもの頃、わが家では秋のサンマの季節になると母が庭で炭をおこして焼いていました。そのにおいを嗅いだだけで、うーっとなって「わたしだけ、はんぺんにしてちょうだい」って懇願したものです。

吉沢　わたしも東京の下町（深川）生まれで、贅沢に育ったわけじゃないんですけれど、青魚でも鯖は食べたことなかったですね。栄養学校で料理法を習ってから、食べ始めましたけれど、酢〆した鯖は好き。ただ自分で〆たものでないと食べません。

笹本　認知症予防にいいとか、何々にいいから、などとあまり考えません。これって、性格もあるかもしれません。だいたい、わざとらしいことは嫌ですね。ごく普通に、バランスよくおいしく食べているのが一番、と思っているから。強要されるとアマノジャクになっちゃいます(笑)。

体にいいとか大騒ぎされたりすると、「そぉ?」って一歩引いちゃいますね。今までサプリメントひとつ飲んだことがないんです。いつか病院の医師に聞かれて、そう言ったら、「へぇー、普段の食生活がしっかりされているんですね」って褒められました(笑)。

食は気力の源《みなもと》

吉沢　古谷が亡くなったのは、わたしが六五歳のときでしてね。それまで何一〇年もの間、これは夫が好きか、姑が好きかで、食事を作ってきたから、ひとりになって自分のためだけに食事の用意をするのが、ひどく面倒になった時期がありました。半年くらい妹の家や**高見沢《たかみざわ》たか子《こ》**さん（評論家）のところに行って「今晩、食べさせてね」っていうことをやっていました。

銀座に用で出かけたときでしたが、ホテル内の和食のお店でお昼を食べようとお弁当を頼んだら、突き出しに好物の、柿とこんにゃくの白和えが小さな器に出ましてね。それがおいしくて御替りしたいけれどできないでしょう。でも食べたい虫は治まらないから、帰宅して自分で早速作ったんです。やっぱり自分で作ったものはおいしい（笑）。

＊高見沢たか子…一九三六年東京都生まれ。ノンフィクション作家。ノンフィクション、評論、エッセイなど数多くの著書を出版し、評論家としても活動。また、自らの体験を通して高齢化社会における人間関係、家族の問題、都市問題などを中心に、講演活動にも力を注ぐ。著書に『「終の住みか」のつくり方』など多数。

そのとき、これからは自分の口を喜ばすために食事を作ろうという気になりました。

笹本　自分を大事にすることって、エゴじゃない。自己責任ですよ。

吉沢　そう思います。今はわざわざ作らなくても、コンビニエンス・ストアやスーパーに行けば、いろいろなお惣菜が並んでいるし、お弁当屋さんもある。宅配食の業者に頼めば、一日分の食事を多彩なメニューで毎日届けてくれますよね。お金さえ払えば上げ膳据え膳で暮らせるようになっています。

　だから、老年になって体を動かすのが面倒になってくるにつれて、この便利さに限りなく寄りかかってしまう。でもそれに寄りかかり過ぎたら、生活する気力さえも奪われてしまうんじゃないかという気がします。食べるってことは、人間の気力の源ですから。

　わたしにも食事を人任せにしていた時間があっただけに、それは実感します。多少の無理はしてでも、自分の足で台所に立てるうちは調理することを続けていきたいと思っています。

笹本　わたくしも食べることは生きることだと思っています。だからいい加減にはしたくない。食の満足感は生きる充実感です。三度の食事は、自分で作りますし、だしは鰹節や昆布でとったものしか使いません。

それで思い出したけれど、今一週間に一度介護ヘルパーさんが来てくれますが、削り節を買ってきてくれるよう頼みましたら「何ですか、それ？」って言われちゃった。「あなた、だしは何でとるの？」って聞けば、市販の顆粒だしだって言います。

吉沢　そうかもしれませんね。だしは市販のものや、化学調味料でとるものだと思っている人、多いですから。

笹本　さらに、ですよ（笑）。そらまめを頼んだら、オランダインゲンみたいなものを買ってきたんで「それはそらまめじゃないわ」って言ったら、「今はそらまめはこれだそうです」って言い張るのね。こちらをぼけ老人だから、と思っていたんでしょうね（笑）。

母から子に伝わる大切なもの

吉沢　そんなヘルパーさんばかりじゃないでしょうけれど。たしかに若い人には基本的なことを知らない人が多いですね。食事に手をかける親がほんとに少なくなったんでしょう。味覚は幼いときに決まりますから。何を食べさせて育てたかは、人格形成に大きく影響します。
　ただ今は、料理の先生も、おいしそうな料理一品は教えるんだけれど、それだけではダメですね。家庭料理は三度三度の連続ですから、料理一品を作ったら、残りの食材を今度はどう使って何が作れるかまで教えないと。

笹本　今日ハスを煮たら、あくる日は酢の物にして食べるとかね。そういう教え方が必要よね。わたくしたちは母親がそうやっていたのを見ていたから、誰に教わるわけでなくともわかるんですね。

鰹や昆布からだし一つとるにしても、たいした手間じゃないんだけれど、やろうとしないのは、母親がやらないからでしょうね、きっと。お酒、みりん、醤油は最低限の必需品だから、切れないように目配りしますでしょう。ヘルパーさんが言いますのよ、「笹本さんは珍しい、そういうものをひっきりなしに買うから」ですって。悪口じゃないんですよ、驚いているの。今や世の中はこんなふうになっているのかと。

吉沢　そうでしょうね、わたしも驚くことが多々ありますけど、もう言いません（笑）。

笹本　話が別の方向にいったけれど、うちにいらっしゃるお客も、わたくしが三度の食事は自分で作って食べますよ、と話すとヘンに感心されますからね。

取材や打ち合わせなどで時間が長引いたりして夕刻になると、「そろそろご一緒にワインでもいかが？」とお誘いするのね。急ごしらえだけれど、簡単なおつまみを手早く二、三品作ってお出しするだけ。

なのに、みなさん驚かれます。「そのお年で？」ということでしょうね。喜んでいいのかどうか、少し迷いますけれど（笑）。

でも食事を作るのは、ひとり暮らしだったら、それは日常ですものね。食事を作る気力をなくしたら、本当に心も体もしぼんでしまうのかもしれないと思っています。

吉沢　ほんとにそうですね。ことにわたしたちの世代は、そうやって育ってきましたから。

経験したからわかるんですが、外食や買い食いのような食生活を続けていると、気持ちがだんだんザラザラしてきます。何か欲求不満みたいになって、落ち着かない気分になる。わが家の卯《う》の花煮が食べたい、マカロニサラダが食べたい、ってなるんですね。そうなって初めて、自分で食べるものは自分のために楽しんで作らなければいけなかったんだ、と気づきましたものね。

それに家族のいないひとり暮らしですから、誰も頼れません。生きる命綱といえば健康だけ。その健康は食生活が作るとわかっていれば、いい加減な食事はできなくなりますよね。

笹本　食べることって、毎日のことですから、料理をするのは自分のため、ということは忘れてしまっているのね。

先ほどのお話のように、まずお母さんが子どもに手料理を食べさせなくなったし、勉強しろとはうるさく言っても、食事、家事の手伝いはさせない時代になってしまっています。でも、子どものことを考えたら、家事や食事を手伝わせることはとっても大事なことじゃないかしら。若いお母さんからは「時代がちがうわよ」って、言われるかもしれないけれど。食べ物は心を育てると思うし、食事というシーンは子どもの心に残るものだとわたくしは実感していますけれど。

母の食事の支度をする姿や、季節の食材を調理して食卓にのせてくれたときの嬉しかった気持ちを、この歳になっても思い出しますよ。この野菜はこんなふうにして食べさせてくれたわね、とか、この貝を母はこんなふうに料理して食べされてくれたわね、とか。それが記憶にあるから、ちょっとやってみようかしら、という気持ちになる。

古いと笑われるかもしれないけれど、思い出が心の滋養になっていますね、少なくともわたくしは。

吉沢　母親の姿で思い出したんですが、以前、前触れもなく親類の子たちがやってきたので、近所のおいしいとんかつ屋さんにヒレカツ弁当を注文して、それにはんぺんだけを使った白みそ仕立てのみそ汁を作って夕飯にしたんですね。盛り付けるとき、とろりと甘いみそ汁に、ちょっと和辛子を落として食べさせたら、ひとりの女の子が「どうして辛子を入れるの?」と訊くから、「かくし味」のことを教えたんです。たとえば、お汁粉を作るのに微量の塩をくわえて甘味を引き出す例を挙げて、かくれているからこそおいしくなる味作りの決め手だと。

そうしたら、その子は母親がチャーハンの仕上げにスプーン一杯のマヨネーズを混ぜ込んだり、ココアを作るとき、お砂糖の中にちょっぴり塩を入れるのを見ていて、自分もその通りにしているんだけれど「これもかくし味というの？」って言うから、うれしくなりました。

家族のために料理する母親の姿を見たり、手伝ったりしている子どもの中に育っているものの意味の大きさを教えられた気がしました。

それを持っているかどうかは、人生の味わいに大きく関わってくるものじゃないでしょうか。自分のためにきちんとした食事が作れるということ自体、生きる自信にもつながりますしね。

でも今の若い人にそれを言っても、きっとお説教だとしか思わないでしょうから、あえて言いません。訊かれたら言いますけれど（笑）。

笹本　若い人どころじゃないですよ。年配の友人は、夫婦だけの食事は家で作ると無駄が出てもったいないから、煮物も焼き魚もスーパーのお惣菜で間に合わせるんだとか。それも夕方五時過ぎのお買い得品になってから買うと言います。家で魚を焼くと、家の中が魚臭くなるから嫌なんですって。老いも若きもそういう時代なんでしょうかしらね。

四章 老年からの再スタート

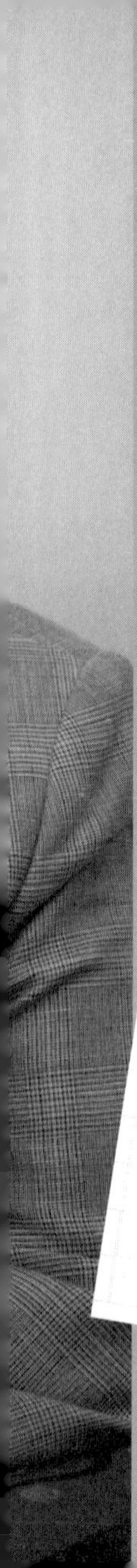

夫の機嫌がどんなに悪くなろうが、
わたしが仕事をすることだけは
譲りませんでした。

結婚生活のストレス解消法

笹本 吉沢さんは六五歳からおひとりになられたのですね。ご主人さまの古谷さんはおいくつでした？

吉沢 七五歳でした。

笹本 大変な学者さんでいらっしゃいましたから。

吉沢 いえいえ、メチャクチャな人でした（笑）。外では女性の権利拡張の理解者ですけれど、わたしは封建的フェミニストって言っていましたもの。

父親は外交官で、その長男ということで特別扱いされてきたんですね。生まれて六歳までいたイギリスでは専任のナースがついて、母親に週一回会いに行くみたいなイギリス流の育てられ方をした男性でしたから。結婚生活は四〇年近くでしたが、わたしはその間に二度、円形脱毛症になっていますね（笑）。

笹本　まぁ、わたくしもよ（笑）。大変恥ずかしいんですけれど、半分ぐらい抜けちゃって、やむを得ず変なもの（ウイッグ）くっつけていますけれど。

吉沢　何かのお薬のせい？

笹本　いいえ、そうじゃなくて。わたくしも吉沢さんと同じで、夫婦の間のことなど、大変なことをずっと引きずっていましたから、ストレスが原因でしょうね。七〇歳のときに夫を見送りましたが、その頃でした。後ろを歩いていた親戚の者から「あら、いやだ。かわいそうに、あんなに抜けちゃって」と言われて、初めて気づきましてね。それまで合わせ鏡を覗くなんて余裕、なかったですから。

吉沢　結局それですね。古谷の友だちの奥さんもバサッと抜けちゃって、「あんたのせいだ！」って、泣いてご主人に怒って、怒って（笑）。

笹本　わたくしは夫を見送ってほっとしたら、髪もなくなっていました

吉沢　（笑）。

「女性も仕事をすべきである」なんて女性論を書く夫は、女性の立場はわかっているのだけれど、家ではお茶ひとつ入れないような人でしたから。わたしが仕事をしていることは、頭では理解していても、自分が不便になると爆発するんですね。それをどういうふうに爆発させないようにするかということが、悩みの種でした。

我慢ならなくなると、半日ぐらい〝プチ家出〟をしましてね。黙ってひとり、横浜に海を見に行ったり、青梅街道を走る青梅行きのバスがあった頃は、それに乗って終点まで行ってみたり。バスの窓から景色を見ていると、だんだん気分が晴れてきて嫌なことも忘れてしまうのです。そうやって発散させたことが、ずいぶんありましたね。

笹本　わたくしも外に飛び出しました。たまには映画を観ましたよ。映画を観ている一時間半や二時間は、無条件にその世界に浸《ひた》っていられるでしょう。そうするとそれまでのことを、ポンと忘れることができる。

吉沢　よくそうやって気持ちを切り替えました。

笹本　ちょっと日常から離れることですね。わたしたちの時代の女って、簡単に離婚を口に出せないから、そうやってでも自分をなだめながら、なんとかするしかありませんでした。

かなり面倒くさい夫との生活でも、自分で選んだことだったし、自分の両親のことを考えても、やっぱり家庭はそう簡単に壊してはいけないんだと思っていましたから。

吉沢　そうそう。自分のことで周りに迷惑かけたくないという思いはありました。今の若い女性たちからしたら、単なる弱虫に映るかもしれないけれど。

大切なのは、どう生きたいか

吉沢　ただわたしはどんなに大変になっても、自分の仕事は辞めようしなかったですね。人に頼らなきゃ生きられない母親がすごく嫌でしたから、そんな生き方だけはしたくなかった。

だからたいていのことはハイハイと夫に従っていました。それは耐えるということじゃなくて、思い悩んでもどうにもならないことがあって、それならウツウツとするよりも、気持ちを切り替えたほうがいいと思うんですね。わりとわたし、楽天的なところがあるんです。気難しい夫との関係を「わたしならこういうふうにやって楽んでやろう」という、一種の発想転換かしら。それを面白がる気持ちのほうが強いんですね。とはいえ、なかなか大変だったから円形脱毛症なんですけれど（笑）。

それでも夫の機嫌がどんなに悪くなろうが、わたしが仕事をすることだけは譲りませんでした。それをやり通せたのは、努力というより、健康だったからでしょうね。夜中、家の者が寝静まってから原稿を書くということもやっていましたけれど、病気らしい病気、今日までしたことがありませんからね。

笹本　ほんと、一番は健康ですね。五年前の脊柱管狭窄症のほかは、胆石と白内障の手術ぐらいで済んでいますから、わたくしも健康なほうでしょうね。健康だったから、七一歳からでも自分の人生を取り戻すことができたんだと思います。

吉沢　人生を取り戻したというのは？

笹本　カメラから遠ざかった生活が二〇年余り続いていましたの。と言いますのはね、戦後しばらくは雨後の竹の子のようにできた雑誌社の注文で仕事は多忙でしたけれど、ちょうど六〇年安保闘争のあとね。雑誌の廃刊が相次ぎ、一方カメラマンの数は増えて、わたくしの仕事は激減しました。

それで始めたのがオーダー服のサロンでした。渋谷のマンションの一室で、わたくしがデザインを担当し、三人の縫い子さんを抱えてのお店です。これは若いときに洋裁学校でデザインを学び、戦前は知人の店で洋服の裁断やデザインを一時期手がけたこともあって、不安はありませんでした。

でも、三年経った頃から既製服が出回り始め、オーダー服の注文は減る一方。その頃にちょうど欧米からフラワーデザインが入ってきて、ブーケやコサージュが洋服のアクセントにできると、わたくしも習い始めました。そのうちに「習っているなら、わたしや娘たちに教えてくれない？」と知人に頼まれて教え始めました。

幸いだったのは、習ってから、今度は、その作り方を教えなきゃならないでしょう。だから作ってきた作品を解いて、教えるためのテキストを作りますから、作り方は完璧に覚えます。そのようにしてフラワーデザインを教えるようになり、その本を書いたりして、いつの間にか「先生」にされましてね。それからは紡績工場の女性たちにテーブルマナーやファッションなどの一般教養を教える講師を一〇年近く続けましたし、再び創作アクセサリーと民芸調ファッションのお店を開店したりもして、生計を立ててきました。

思えば人の何倍も努力しましたし、その頃のわたくしは、我ながらあらゆる知恵を総動員するようにして生きてきた気がしています。

吉沢 やっぱり、昔から自分の足でしっかりと立っていらっしゃるわね。

笹本 いいえ、欲張りなのね、きっと。後ろ見て、ため息ついている暇があるなら、とにかくできることをまずやってみようという、それだけなんです。

だからカメラを脇に置くようになっても悲壮感など持たなかったですね。そのときにできることに夢中になっていました。逆にそれがよかったと思います。

夫をがんで亡くした翌年、一九八五年は昭和還暦の年でした。遠縁の人から「今まで撮り溜めた（昭和の）写真の展覧会をしませんか」と誘われたのが復帰のきっかけで、二〇年ぶりに写真展を催したのです。長いブランクがあるので戸惑いながらでしたが、これが大反響。

このときの感謝と感激が、それからの人生の活力になったと言っていいかもしれませんね。

自分のためだけに時間を使える幸せ

笹本　「七一歳で？」って人さまは驚かれますけれどね。これで家族がいて大事にされていたら、そんな気力は湧かなかったかもしれない。子どももなく、ひとりで生きていかなくちゃならないという切羽詰まった思いがあったし、それにこれからは自分のことだけを考えればいいわけですからね。まだまだやりたいことはいっぱいありましたから。

吉沢　わたしも夫を亡くしたあと、「お気の毒に」とか「さぞお淋しいでしょう」と同情されるのが、とても嫌でした。

人さまが心配してくださるような喪失感よりも、何かすごく自由というか、ふわぁ〜と解き放されたような開放感を感じて「あっ、これは夫からのプレゼントなんだ、大事にしなくちゃ！」って思いましたもの。それからはほんとに、ストレスのない生活です（笑）。

こう言うとどんな夫婦だったんだろう、って誤解されるかもしれませんけれど（笑）。わがままな気難しい人でしたけれど、夫からはいろんなことを教えられましたね。文学をやっていたから、人が気がつかないような鋭い視点がありましたし、同人誌などでこれはと思う無名な人の作品を見つけると、世の中にどうしても出したいと一生懸命になっちゃうんです。

壇一雄《だんかずお》さんともそんなお付き合いがあったようですが、まだわたしは古谷と出会っていない頃でした。

＊壇一雄……（一九一二〜一九七六年）山梨県生まれ。小説家。太宰治、坂口安吾らと親交が深く、無頼派作家のひとり。『真説・石川五右衛門』で直木賞を受賞。流行作家として活躍。『リツ子・その愛』、『リツ子・その死』、『長恨歌』、『ペンギン記』、『光る道』、『火宅の人』など、多くの作品を残す。

だから、うるさいだけではない、そういうところもあったから、一緒に暮らせたのかもしれません。

笹本　あらら、ごちそうさま（笑）。たしかに女性のほうがひとりで生きる力を持っていますね。

吉沢　具体的な生活能力を持っていますからね、女性は。たとえば最近の若い男性と違って、中高年の男性たちの多くは食事を作ることだってしないでしょう。その弱さってあるんじゃないでしょうか。

わたしの場合も、家のことは「すべてわたしがやらなきゃ」っていう状態でしたからね。夫は家のことはもちろん、税金のことから何から面倒なことは全部こちらに任せっぱなし。お陰でわたしは何も怖いものがなくなりましたけれど。

たとえば、夜中に庭でゴソゴソ物音がすると、ステッキ持って見に行くのはわたしなんです。夫は毛布被って「大丈夫かぁ」って声を張っているだけ（笑）。

笹本　昔の男性は家で威張っていればよかったから。今だってそういう男の人はいるでしょうけれど、だから会社を定年退職したあとは、何をしていいかわからない。そういう男性は妻に先に逝《い》かれたら、脆《もろ》いですよねぇ。

吉沢　夫婦仲がいい悪いは関係なく、一人でも生きられる最低限のことができないと弱いものです。もたれ合っていると、万が一のときに命綱が切れたようになってしまう。

その点、どんなに夫婦仲がよかったとしても、あとに遺された女性の場合は立ち直りが早いですね。

だから、もしひとりになって心細い思いをしている方がいらっしゃったら教えてあげたい。気持ちを切り替えるだけで、ひとりになったときの自分だけの自由な時間って、こんなにすてきなものだったのかとわかるのではないかしら。

芸は身を助く

笹本　その自由の価値も、人によって大きな差がでてくるのが、老年期からでしょうね。

夫が働いていて経済的に不安がないからでしょうけれど、主婦たちが豪華なレストランの食べ歩きを楽しんでいらっしゃる姿って、あまり好ましいものではありませんね。第一、時間の使い方がもったいないと思いますしね。少しの時間の余裕があれば、何か身につくことを若いうちに覚えておいたほうがいいんじゃないでしょうか。余計なお節介ですけれども……。

吉沢　そう思いますね。何を楽しんでもいいけれど、だらだらした時間の使い方は年老いてからだって十分できます。頭も体も柔らかな時期には貪欲に吸収しておくことがいかに財産になるかは、あとになってわかりますね。

笹本 そうです。時間の使い方で人生の質に開きが出ます。それは裁縫でも絵を描くのだって、書道だって、何でもいいですよ。何かやっていれば、ひとつの楽しみができるし、打ち込んでやれば身について、今度は人に教えることができる。

昔の言葉に「芸は身を助く」ってありますでしょう。わたくしも若いときに習った洋裁や絵の勉強が、生活に困ったときに支えてくれる力になりました。

それを実感しているから、お稽古事するにしても、先生より絶対上手くなってやる、くらいの気持ちを持ちなさいと若い人たちに言いたいの。生半可に向き合っているだけなら、高いお金を払って人生の貴重な時間を潰しているだけよ、って。

吉沢 わたしの姪のひとりも夫を亡くしましてね。しばらくは無気力になってポカンとしていたんですよ。傍から見ていて、何とかしなくちゃ、と思ったから、姪の夫は絵を描いていたのを思い出して、画材が残っているはずだから「あなたも絵を描いたら」と勧めたんです。

最初は「描けない」なんて言っていましたけれど、そのうちに絵手紙なら、と少しずつ興味を持ち出しましてね。今では切り絵とかいろいろやっているようです。この頃はこちらが電話すると「わたし、忙しいのよ」なんて邪魔にされます（笑）。

笹本　彼女を見ていて思うのですが、何か一つでも夢中になれるものがあれば、たいていの悲しみは乗り越えられるものなんですね。

そう。だから何でもいいから、やり出したら諦めないことです。途中で嫌になるときがあっても、それを乗り越えれば面白くなるし、あれこれ手を出すだけでは、いつまでもスタートを繰り返すだけですからね。何でも身につくまでには山あり谷ありですよ。でもきっと芽吹く。

そうやって歳を重ねてきたわたくしたちだからこそ言えることです

し、言ってあげたいと思うのね。

ほんと、生きがいや楽しみを見つけるのに年齢は関係ないのよ。

吉沢 関係ないですね。自分が楽しめることは身の回りにいっぱいありますよ。ただ自分で気持ちを奮い立たせるかどうかだけ。やっぱり人間は誰もがみんなひとりなんですよね。だから自分でできるだけのことをする以外にないいんじゃないかと思っているんですよ。

五章 老いに負けない、「元気・現役」の秘訣

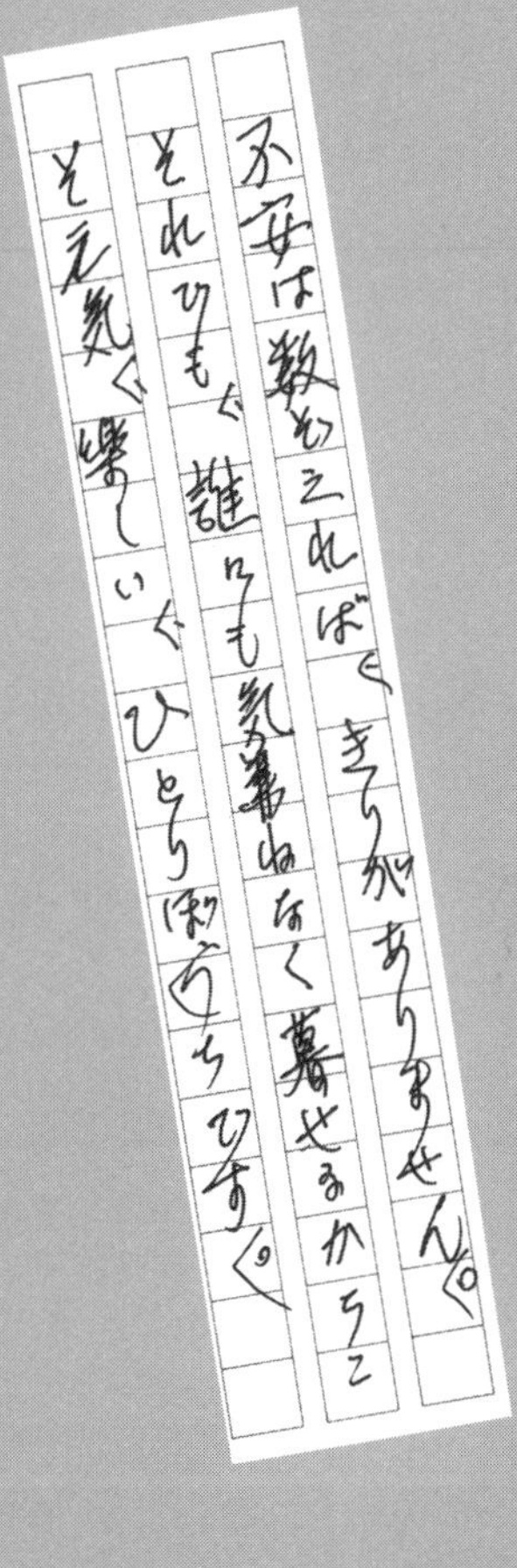

不安は数えればきりがありません。
それでも誰にも気兼ねなく暮せるからこそ
元気で楽しいひとり暮らしです。

甘えない、甘やかさない

笹本　わたくしのようにマンション住まいと違って、一軒家のお住まいは管理も大変でしょう？　お掃除だって広いから……。

吉沢　手抜きばかりです（笑）。小型の軽い掃除機で汚れたところをチョイチョイ掃除で、床もモップでさっさっと。それも気が向いたらやるくらいで（笑）。どなたがいらっしゃっても、あまり体裁を取り繕わないで、ありのままを見ていただく、という感じで暮らしています。

やはりひとりの生活ですから、自分で何でもしなくちゃならないけれど、それがいい意味での緊張感になっているんでしょうね。

人間の能力って、甘やかすとすぐ衰えるってことは本当ですね。わたしは朝、降圧剤を飲むんですが、知り合いの娘さんが来ていたとき、水を持ってきてくれたりするんですね。そういうことが二度、三度と続くと、水を自分で用意するのを忘れてしまうんです。お薬の水くらいって思うけれど、それがきっかけで、だんだん人に頼るのが当たり前になってしまう。それが怖いんですね。

笹本 わかります。わたくしも五年前に椅子から落ちて腰を痛めて、痛み止めのブロック注射の治療に数ヶ月通院し、しばらくは家の中でも歩行器が必需品でした。

そのときから週一回、介護ヘルパーに掃除や買い物を頼むようになったのですが、姪も週一回、逗子からきてくれましたけれど、あとはひとりです。正直辛いと涙したことだってありましたよ。でもあのとき、誰かが一緒にいて、常に介護される生活を送っていたら、きっと寝たきりになってしまっていたでしょうね。今こうして吉沢さんと気ままにおしゃべりなんかできなかったかもしれませんもの（笑）。

吉沢 **北林谷榮**《きたばやしたにえ》さん（女優）は九〇代で舞台や映画にお出になっていましたけれど、何かの雑誌のインタビュー記事で、「お元気ですね」と言われて、彼女は「今日持っている力を明日に持ち越すって、すごい努力がいるのよ。それがわたくしの毎日なの」とおっしゃっていましたけれど、九〇を過ぎた今のわたしにはとてもよくわかります。

歳を取ると、体はラクなほうへラクなほうへと流されます。わたしなど毎日そうですよ、じっとしていればラクですからね。そうすると今日できたことが明日できなくなるかもしれないって思うんですよ。無理してでも動いていれば、それなりに動けるんですけれど、このくらいならと怠けると、どんどん動けなくなる。体は正直なんですね。

だから自宅も昔のままの古い家ですけれど、あえてバリアフリーにしないで生活しています。掃除、洗濯、食事の用意と、少し無理をし

＊北林谷栄…（一九一一〜二〇一〇年）東京都生まれ。女優。創作座に入り、翌年新協劇団に移り「どん底」で注目を浴びる。劇団民芸の創立に参加、幹部女優として活躍。老婆役を得意とし、「キクとイサム」「にあんちゃん」など多くの映画にも出演。「大誘拐」の大富豪老女役で日本アカデミー賞最優秀主演女優賞、「阿弥陀堂だより」で日本アカデミー賞最優秀助演女優賞など多くの賞を受けた。

てでも体を動かすことを心がけているんです。

笹本　頼るのは自分だけという気持ちは、とても大事ですね。わたくしは今もハガキ一枚出すにも、自分で出かけます。身近な親戚は、みんな遠方にいますし、それぞれが忙しいですから、そうそう容易に用は頼めない。人の手が借りたいときは、マンション内の親しい奥さまにお願いしたりしていますが、向こうさまのほうがわたくしよりずっと若いんだけれど、近頃は脚が痛い、腰が痛いって病院通いだから（笑）。

吉沢　なんとか工夫するしかないですね。やっぱりひとりでは生きられないんですから。ただ、人に頼むのは最低限のことだけにしようと決めています。

わたしは幸せなことに甥が毎週顔を出してくれて、庭いじりが好きだから野菜作りも植木の世話もやってくれます。重いものも置いておけば運んでくれますしね。重いものは中身を自分で持てるぐらいに小分けして運ぶとか、そこは臨機応変ですね。

日常の買い物だってそうです。ご近所のお店とは長い付き合いですから、品物が重くなりそうだと「よかったらあとで運んであげるよ」ってお店の人が言ってくれたりするんですよ。こちらも「それなら、あれもこれも買っちゃう！」なんて（笑）。そんなご近所付き合いができるのも助かっています。

笹本　それはお幸せねぇ。わたくしも姪たちが手助けしてくれますけれど、なかなかこちらの都合通りにはいきませんよ（笑）。それでも「おばちゃんはお花がないとダメだから」とベランダの花を植え替えてくれたり、仕事の書類整理を引き受けてくれたりしてくれて、わがままなわたくしのひとり暮らしを支えてくれていますから、贅沢は言えません。

ひとり暮らしという選択

吉沢　やっぱり老人ホームに入ったら、こんな気ままには暮らせませんものね（笑）。

笹本　実は一時期老人ホームの入居を考えたことがありましてね。九〇歳を過ぎて少し弱気になったのと、人生の最期を周りに迷惑かけたくないという気持ちが強くなって、少し調べたりしました。

で、わかったのは、今の住まいのマンションを売れば保証金は用意できたとしても、さらに毎月の入居費が要りますでしょう。何歳まで生きるかわからないんですから、もしも払えなくなったら、今度は帰る所もないわけです。

見学した老人ホームは、入居後に、ここは自分には合わないとわかって出たいと思っても、たとえ一週間居ただけでも、保証金の二五パーセントは戻らないんだとか。そんなことがわかると、だんだん嫌になってしまって。

吉沢　老人ホームは知らない人たちと暮らすわけですから、いろいろと気を遣ったりしないといけなくなりそうですし。実はわたしも試験的に老人ホームに二、三日の宿泊をしてみたことがあるんですが、やっぱりダメですね。

夕食にビールなんか飲んでいたら、「あの人は……」なんて言われかねないですもの。そういう管理された束縛感というのが嫌なんです。

笹本 今のように夕食にはワインがなければ、なんてこともできなくなりそうですしね。何本も空になったワインの瓶《びん》が捨ててあったら、何を言われるかわかりません（笑）。

もちろん高齢になってひとりは不安だ、という方たちはいらっしゃいますからね。誰かの目があるところで暮らしたいという気持ちもわかります。でも、自分ひとりの自由で気ままな暮らしが合っているという人間だっていますものね。

吉沢 だから、ひとり暮らしと聞いて、すぐ「淋しいでしょう?」と言うのはやめていただきたい、と思います。

女優の**大原麗子**《おおはられいこ》さんが、ひとりで亡くなっていたのが発見されたとき、マスコミは「孤独死」と盛んに悲愴がったけれど、あれは彼女に失礼だって、腹が立ちました。事情は知りませんが、少なくともひとりの暮らしを選んだわけですから、決して彼女は孤独じゃないんですよね。誰に気兼ねすることのない自分の自由な人生を楽しんでいたのかもしれない。決め付けてあれこれ詮索することは愚かなことですよ。

笹本　それこそ余計なお節介ですよね。日本人はそういうことがとっても好きですねぇ。

わたくしも高いお金を払って老人ホームに入るより、そのお金で今住んでいる築四〇年近い旧マンションの部屋をリフォームして、〝終《つい》の棲家《すみか》〟で快適に暮らそうと決めました。

＊大原麗子…（一九四六〜二〇〇九年）東京都生まれ。女優。テレビドラマ出演でデビュー。翌年、東映に入社。数々の映画、テレビドラマに出演した。映画『男はつらいよ』シリーズでは、マドンナ役を二度務めた。さらに、多くのＣＭにも出演。二〇〇九年に、ひとり暮らしの自宅で病死しているのが発見された。

もちろん手すりなどつけません。ひとり暮らしですから部屋数もいらない。それよりも毎朝のテレビ体操が伸び伸びできる広々としたスペースが欲しいと、工務店の方にお願いして、二一畳ほどの広さのワンルームにしました。リフォームするついでに冷蔵庫も新しく買い換えたら、遠縁の者が呆れていましたね。「九四歳になってリフォームするというだけでも驚いたのに、冷蔵庫も新しく買うなんて……」ですって。なんだかこちらの寿命を向こうで計算しているみたい（笑）。

吉沢　うちも甥は「リフォームしたら」と言うんですよ。でもそれをしたらまず庭の植木や植物が踏み荒らされてしまうでしょうから、それが嫌というのもあるんですね。数年前から狸の親子が出たりしますしね。

笹本　えっ、阿佐ヶ谷で？

吉沢　はい。この間はハクビシンもいて、こちらは捕獲されましたけれど。そんな環境はできるだけ変えたくないから、動ける間はこのままで暮らして、動けなくなったり、病気になったら病院に入れてもらえばいいいと思っています。成りゆき次第です。

笹本　でも広いお家でのひとり住まいとなると、不安な面はありませんか？　一昨年三月の大震災のときは、どうなさってた？

吉沢　あの日はお友だちの家にお世話になりましたけれど、そのお宅はビデオなど落っこちて大変でしたから、わが家はどうなっているかしらと心配しました。でも、翌朝帰ったら何の被害もありませんでした。
　その少し前にお隣の奥さまと話していて「うちは古い家だから地震がきたらすぐ潰れるわねぇ」なんて言ったら「そしたら真っ先に掘り出しにいきますよ」って大笑いしていたんです。まぁ、もうこの歳ですから、そのときはそのときだと思っています。

笹本　わたくしはあのときは、ひとりで自宅、マンションの一〇階にいましたから、怖かった。ただリフォームを終えたあとで、洋服ダンスも壁一面の大きな書棚も本も処分していたから、倒れて下敷きになるような重い物は何もなかったのが幸いでしたね。低い椅子の暮らしですから、もぐれるテーブルもないですからね。狭い場所がいいとトイレに駆け込んで、身をすくめていました。

吉沢 地震のようなときはやはり不安ですよね。それとやっぱり火が怖い。うちから火事を出したらどうしようと、それがいつも気がかりです。留守にするときはもちろんですが、夜も冷蔵庫以外のプラグをコンセントから抜いて寝るようにしていますけれど。

笹本 あら、大変。そんなこと思いもつかなかった（笑）。不安は数えればきりがないですよ。それでも誰にも気兼ねなく暮らせるからこその元気、楽しいひとりぼっちだと思っています。

介護制度って誰のため？

吉沢 体が思うように動けなくなったら覚悟を決めるしかないですけれど、できるだけ長く〝楽しいひとりぼっち〟でいたいですね。

今は高齢化社会だ、長寿社会だって騒がしい世の中だけれど、よく聞いていると、年寄りが若者の足を引っ張っているなんて言われているような気になりますね（笑）。元気だったら老人だって問題ないでしょう。介護されるから問題にされるんで。だったら、高齢になっても誰もが元気に暮らせるような形を国を挙げて考えるよりしかたがないですよねぇ。

笹本　わたくしは今や〝要介護1〟という身分ですけれど、それまでは大病とは無縁でしたからね。九三歳のときに〝脊柱管狭窄症〟になって、初めて介護保険のお世話になったんですが、まぁ話せばこれは長くなります（笑）。

吉沢　わたしは今日まで介護保険を一度も使ったことがないんです。使わない幸せを感じていますが、聞けば介護保険はあれこれ不備な点があるようですねぇ。

笹本　あります、あります。たとえば夏の盛り、腰を痛めたせいで手が届かなくなった食器棚の上の観葉植物に水を遣ってほしいと、ヘルパーさんにコップ一杯のお水を差し出したら「できません」の一言です。贈り物をしたいからデパートまで同行してというのもダメ。銀行に杖をついて行くのは危ないから一緒に行くのもダメだと断られる。規定外だからだそうです。

新聞の投書欄にありましたが、寝たきりになった方が、仏壇のお花の水を変えてほしいと頼んだら、「それはマニュアルにありませんから」と断られたと嘆いていらっしゃったけれど、まさにそのようなありさまです。

吉沢　マニュアルしかないんですよね、介護に。

笹本　そう、本部で決められた規定内のことしかやってもらえない。

もっと驚いたのは、ヘルパーさんに「わたくしが部屋で倒れたら、あなたはどうするの?」って訊いたら、まず本部に電話すると。電話を受けた本部はわたくしの親族を調べて電話をし、救急車を呼ぶかどうかを確認し、親族からの返事をヘルパーに伝えて対応するのだとか。救急車が来たときには、もうわたくし死んでいますよ。

吉沢　買い物でも「この石鹸《せっけん》を買ってきて」とメモして渡すでしょう。しばらくして本部から電話がかかってきて「ヘルパーから電話で、あなたに頼まれた名前の石鹸はないけれど、ほかのメーカーのものでもいいかと言っていますが……」ですって。馬鹿みたいでしょう。なぜ頼んだヘルパーの人が直に電話してこないのよ、って。もう呆れました。管理しやすいように、ヘルパーの人がものを考えないように作られているんですね。

笹本　ほんとに馬鹿げていますよ、このシステムは。お掃除もマニュアル通りで、タオル掛けが外れていても、三人のヘルパーが入れ替わり来たはずですが、いつまでもそのまま。姪がエイっと押したら簡単についたのに。なんと心のない制度だろうと、逆に感心します。

吉沢　暗澹《あんたん》とした気持ちになってきました（笑）。

六章
自分らしく生きるために

わたしが今日まで元気で
仕事も続けていられるのは、
やっぱり食生活に起因すると思っています。

人さまに見られても恥ずかしくない食事

吉沢　高齢化社会の福祉に期待が持てないなら、余計に最後まで介護制度に頼らないように生きたい。

それにはくどいようですが、まず食生活が大切です。笹本さんもそうでしょうけれど、わたしが今日まで元気で仕事も続けていられるのは、やっぱり食生活に起因すると思っています。うつ病も食生活でずいぶん改善すると聞きますから、食べることってすごい力です。

いつだったか夏の頃でした。急ぎの仕事がはかどらず、一週間ほど冷蔵庫のあり合わせと生野菜、果物などで済ませていたら、どうしても厚焼き玉子が食べたくなったんです。スーパーでも売っているけれど、食べたいのはちょっと甘みをきかせた薄味の厚焼き玉子。その焼きたてにおろし大根を添えて食べたい。だったら作るしかないと、仕事はひとまず脇に置いて、台所に直行です。

笹本　おいしそう！　わたくしも食べたくなりました（笑）。

吉沢　厚焼き玉子なら梅ごはんですよね。ごはんを炊く支度をして、庭の青じそを摘み、梅酢の赤じそをみじん切りにしたものを用意して……と、そうやって出来上がった梅ご飯と厚焼き玉子、それにきゅうりの松前漬け、作り置きしてある白隠元《いんげん》のきんとんなどを小鉢に盛って、ひとり用の会席膳に並べて夕飯にしました。これでそれまでのモヤモヤした欲求不満は消し飛んで気持ちが軽くなりましたね。

笹本　わたくしは吉沢さんのように食の知識もないし、特別お料理上手というわけじゃないけれど、ひとりの食卓でもいい加減にしないというのは同じです。

心がけているのは、子どもの頃から祖母や母に言われてきたことですが、食事は常に「腹八分目」にして食べ過ぎないこと。「いつ、誰に見られても恥ずかしくない食卓」この二つです。

肉料理の付け合せに旬の野菜や果物を彩りよく添えれば、自ずと栄養バランスもよくなっています。それに器やテーブルクロスの配色に気を配れば、心も充たされる。ひとりの食事だからこそ、そうしたことを大事にします。

吉沢 どんなに忙しくてもそれだけは大事にしたいですね。結局、人に見られて恥ずかしくないことを意識すれば、バランスのよい食事になっているんです。

よく言われることですが、人間一生に食べられる回数は人それぞれ決まっているんだから、だったら一食でも、一回のお茶でも美味しいと思って口にしないと損じゃないの、なんて思っているんです。

笹本 そう、食べることを楽しむって、イコール人生の豊かさですよね。**沢村貞子**《さわむらさだこ》さん（女優・随筆家）はご主人との食卓を最も大切になさいましたけれど、一日一日の食事の献立から、羨ましいほどのご夫婦の幸せがすけてみえてきますものね。

わたくしの場合も自分の体調に合った食事のスタイルがだいだい決まっています。朝はカフェオレとパンに自家製のジャム、果物が定番メニューですし、お昼はたいてい麺類になります。夕食は肉料理が中心で、焼いたり、鶏肉は揚げたりして、それに生野菜と季節の野菜や豆などの煮物に、一杯の赤ワインという組み合わせ。夕食はお米もパンも食べません。

ワインは飲み始めて三〇年くらいになりますが、貧血症だったわたくしにお医者さまが勧めてくださったのがきっかけ。たしかに低血圧は治りましたね。

吉沢　そうですか。赤ワインはわたしも好きですが、ひとりでは飲みませ

＊沢村貞子…（一九〇八〜一九九六年）東京都生まれ。女優・随筆家。新築地劇団に入団。その後、日活太秦現代劇部に入社。小津安二郎監督作品などで名脇役として活躍。一〇〇本を越す映画に出演した。映画『赤線地帯』で毎日映画コンクール女優助演賞を受賞。『わたしの献立日記』など、エッセイストとしても数多くの著作がある。

んね。父親が酒好きでしたし、夫も好きでしたが、夫の場合は晩酌しながら演説になるんです。それを延々と姑とわたしが聞かされるわけで、そんな酔っ払いばかり見てきたせいで、こっちはあまり飲めなくなっちゃいました。

笹本 ふふふっ。お酒飲む方は酒の肴《さかな》にうるさいでしょう。難しいですね。そら豆のゆで方にも一家言《いっかげん》ありましたから。

吉沢 うちでは夫が存命だった頃から一日二食で、お昼ご飯は食べません。ですから朝食で栄養を摂るようにしていましたが、今のわたしも朝はたっぷりの紅茶にトースト、炒めたほうれん草の上に半熟の目玉焼き、それにヨーグルト、チーズ、季節の果物というふうにだいたい決まっています。

夜はそのときに食べたいものを食べています。魚だったり肉だったり、それにきんぴらや昆布煮などの常備菜や生野菜、野菜炒めなどの副菜をつけて、ご飯は軽く一杯にしています。

手の込んだ料理よりも、残っていた葱《ねぎ》を刻んで、その上に花鰹をのせ、お醤油をたらしたのを、熱々のご飯のうえにのせて食べるなんてのがおいしく感じるようになりましたね。

笹本　南蛮味噌（青唐辛子に砂糖、みりんなどを加えて加熱した味噌）など作り置きしておけば、野菜と絡めればすぐ一品になりますから、そんな調味料の作り置きもかなりしています。

吉沢　わたくしも八方だし（だしと醤油、みりん、酒などを合わせた調味料）は作り置きしています。煮物なんかすぐにできますものね。

笹本　食べることを楽しむ情熱も脳の老化防止にもなっているのかなと思ったりもするんですよ。

きっとそうですよ。わたくしも脳のＭＲＩ検査で年齢より三〇歳は若いと医者から言われました（笑）。これは先生のおだて言葉だと思っておりますが。

生活のメリハリが脳を刺激する

吉沢　ひとりですから、たとえば朝起きるのは八時三〇分ですけれど、もうちょっと寝ていたいなと思えば寝ていられます。でもやっぱりいつまでもシャッターを開けないでいるとご近所の方から「どうかしたのかしら」と思われるかも知れない。宅配便や誰かが来て、寝起きでは恥ずかしいから、身繕いはしておかなくてはと。そういうことがとても気になるんですね。

笹本　わたくしも同じです。朝は六時少し前に目覚めて、六時からの「テレビ英会話」で頭のウォーミングアップ。引き続き「テレビ体操」で体を目覚めさせる。新聞を取ってきて、ざっと目を通してから、シャワーを浴びて、朝食。わたくしは一年中シャワーしか使いません。そう話すと、また皆さん目を丸くされますけれど、ね。

九時頃までには身仕度を済ませます。何の予定がなくても、誰が来るわけもなくてもこれが日課。そういう生活のメリハリを持つことって気持ちがシャンとなりますよね。

吉沢　わたしも近頃は体を動かすのが前に増して面倒になっていますから、ボンヤリしていれば一番ラクかもしれないけれど、そうしていたらどんどん動けなくなりますね。

笹本　テレビ英会話も勉強、というわけじゃないの。聞いているだけだけれど、少しわかったりするとうれしいじゃないですか。わかるところだけチョコチョコとメモしたりするだけでも、何分の一かぐらいは頭に残ります。すぐに忘れてもね。わずかな積み重ねですけれど、いくつかでも知っている単語が増えればいいと思って。

吉沢　わたしは英語は苦手ですけれど（笑）。自分の知らないこと、わからないことを知るのは面白いことですよね。そんなこと知ったって何が変わるってわけじゃないんだろうけれど、知らないままは気分悪い。

調べてわかれば、なんだかうれしいですよ。

わたしは今も新聞三紙に目を通します。全部の記事を読むわけじゃないですけれど、興味のあるテーマの記事を各紙読み比べると、同じテーマでも書き方が違いますからね。それが面白い。「これは?」と思うと取っておいて調べたりします。

もう四〇年以上続いているんですが、新潟日報に毎週一回コラムを掲載していて、そのネタ探しのためでもあるんですね。毎週の締め切りが、わたしの脳の老化予防になっていると思いますよ。

それとわたしも笹本さんと同じ、〝メモ魔〟ですね。机の上と電話器の横にメモ用紙を置いて、気になったことや聞いたことをメモしておいて調べたりします。お花や植物の名前など、そうやってずいぶん覚えました。

笹本　「すぐ、メモ」が大事ですね。わたくしはリビングの机の上に大判のメモ用紙を常に置いて、その日に気づいたこと、覚えたこと、気になったこと、感想など、それこそ「何でもメモ」として活用しています。テレビを観ていて、いい言葉やいい話を耳にすると、自ずと手が動いていますし、嫌な人が登場すれば、あれはダメだ、あの人はすてきとか、書きたい放題。わたくし流の備忘録ですね（笑）。七〇代半ばから始めましたから、もう五〇冊ぐらいは溜まっているんじゃないかしら。

吉沢　すごい記録ですねぇ。

笹本　お陰で「その年齢で、記憶力がいいですね」などと言われますが、これも脳細胞の活性化訓練になっているのかも（笑）。

老年期こそオシャレ心を

笹本　日常的な脳への刺激といえばもうひとつ。年齢を重ねれば重ねるほど、忘れてはいけないのは身だしなみへの関心ですよね。

この間わたくしが紫色でトリミングしたスエードの靴を履いていたら、若いお友だちが「ステキ！　そんな靴どこで売っていたんですか？」って訊くから、お手製だと言ったら、驚いていました（笑）。

実は紫のスエードのコートを買ったとき、これに合う紫の靴があったらな、と思ったんですね。あまり履いていない水色のスエードの靴があったのを思い出して、紫のコートについていた皮パットを切って靴に貼り付けて作ったのがそのオリジナルの靴。そんなふうにして、自分で工夫して欲しい物を作るほうが好きです。

吉沢さんもそうでしょうけれど、物のない時代を経験してきたわたくしたちって、今のように何でも便利に手に入ることにどこか不安がありますね。だから食べること一つでも、自分なりに工夫してでもおいしく食べたいと思うし、お洒落でも自分が気に入るようにアレンジするなんて当然なんだから。結局、若さってそういう意欲があるかどうかじゃないでしょうか。

吉沢　そうかもしれません。笹本さんのお洒落は独創的で素敵ですね。わたしは若い頃から洒落っ気がないんですけれど、笹本さんの本にあるようなストールをポンチョにしたり、一枚の布で作るワンピースなんてあるのをみて、あっ、それなら自分も作れるかな、という気になります。

わたしも何でも自分で作るのが好きなほうです。昔は洋服も作りましたけれど、今は針に糸を通すのが大変ですから（笑）。

笹本　そう、糸を通すのが一苦労です。一回通せたら、糸をながーくしておく。カーテンの端のほつれとか、ボタンが取れたとか、すぐ手当てしなくちゃならないことが出てきますから。だから、もし白糸を通した針がないと、白いブラウスのボタン付けは黒糸になるわけね（笑）。

吉沢　そうです、そうです。わたしは黒っぽい服が多いので、ラクですけれど（笑）。

子どもの頃に、親から「お前は器量が悪いから、派手にして目立っちゃいけない」って言われたんで、いまだに地味な色しか着られないんですよ。だから余計に思うの。親は絶対子どもに否定的なことを言ってはいけませんね。

笹本　ほんとですよね。わたくしは兄弟の中で父に似てひとりだけ色黒でしてね。生まれたとき両親は相当がっかりしたらしいんです。ですからずっとコンプレックスを抱いてきています。ただコンプレックスなんて跳ね返すほど、お洒落に対する好奇心が勝っていたのでしょうね。素敵だと思えば、われを忘れて手が出てしまいますから（笑）。

吉沢　わたしは自分にお洒落センスがないとわかっていますからね。せめて、垢のついたものは着ないとか、外に出るときは上から下まで洗濯したものを、とか。そういうことだけは心掛けています。

笹本　そうそう、要は身だしなみですよね。ただ老年になると肌の色艶が悪くなってくすんで見えますからね。地味な色のお洋服でもちょっと顔の周りに明るい色のものを持ってくれれば、明るい雰囲気になります。

人さまに感じのいい印象をという、大切なのはそれだけです。

よく高齢の方は「年だから何着ても同じよ」とか「お洒落してもムダ。夫は見もしないんだから」なんて言う人がいますでしょう。お洒落って自分のためのもの。元気に生きるための必須ビタミンですもの、大間違いですよ。

吉沢 この頃、わたしもそう気づきました。お友だちがいろいろアドバイスしてくださいますから（笑）。無難なものを着ていれば目立たないから、と思うのは人生をつまらなくしているのかもしれませんね。笹本さんとお目にかかって、よくわかりました（笑）。

笹本 人の目を気にし過ぎですね、わたくしたち日本人は。ことに老年になると、存在自体が暗くなりがちですから（笑）。自分に似合う服装で過ごすことって、身だしなみとして大事なことですよね。

七章
老いて、なお愛されるということ

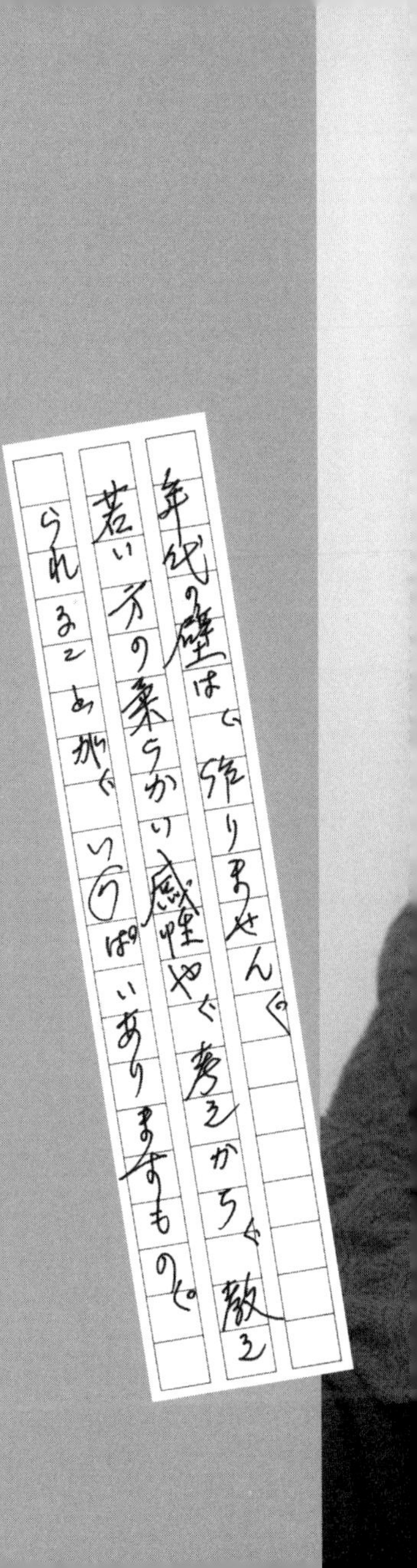
年代の壁は、作りません。
若い方の柔らかい感性や、考えから、教え
られることが、いっぱいありますもので。

老人の役割について

吉沢　「老人は頑固で自分のことしか考えない」って若い人たちがよく言うのを聞くと「そうかもしれないなぁ」って思うんです。

　ことに、肉体の老化によってその人の本質があらわになるような気がしますね。

　わたしはわりと、頑固に自分の意見を言い張るということがないんです。夫は人一倍難しい人でしたけれど、たいていのことには逆らわずにきましたし、二〇数年一緒だったお姑さんとは気が合って、世間で言う嫁・姑のいさかいは皆無でしたから、あまり頑固に言い張らねばならないような目には遭ってこなかったのは、幸せですね。

　夫が、これだけはいいことを言ってくれたなと思うんですが「人と付き合う上で、相手の欠点は誰だって探せるんだから、自分で見えるいいところだけを探せ」とよく言いました。

わたし自身もそういうつもりで人と付き合ってきたせいか、あまり人さまから指差されるようなことはなくきました。それだからやってこれたんでしょうね、わたしは。

笹本 それはとても大事なことねぇ。教えていただきました（笑）。

わたくしは我慢するほうですね、これは若いときから。でも根はわがままですから、やっぱり苦しいんですよ。ただ好奇心が強いから、自分の興味あることのほうに目がいきますでしょう。だからあまり細かなことに固執しないから、頑固にならずに済んでいるのかしら（笑）。

吉沢 うちの姑は「ありがとう」をとても上手に使っていましたね。食事の支度ができたと声をかければ「すぐ行きます。ありがとう」、洗濯物を部屋まで持っていくと「あら、きれいにしていただいて、ありがとう」……そんなふうに「ありがとう」が心地よくこちらの心に響きました。それはへつらいとか「すまないねぇ」といった遠慮じゃないんですね。人としての感謝というのかしら。老いても存在感があるということの意味を、姑から教えられれました。

笹本　そう、人間関係のエチケットってありますね。それを知らない人が多いからギクシャクするんだけれど。

いつだったか初めてお会いした若い編集者と話をしていて、「わたし、こんなふうに（笹本さんと）ざっくばらんにお話していいんでしょうか」って謝るんですよ。「おしゃべりに年上も年下もないわよ」って笑いましたけれど、最低限の気遣いがあれば、友だち会話だっていいじゃないですか。年代の壁は作りません。若い人の柔らかい感性や考え方から教えられることいっぱいありますもの。壁なんか作ったら損です。

吉沢　わたしはね、若い人にお説教ってしないんです。その代わり、言わなきゃいけないことははっきり言いますけれど。

いつか、親戚の者が保証人になってくれと用紙を持ってきたんです。

見れば、書くべきところに何も書いていない白紙のまま。「これは違うでしょう。これでは誰の保証人になるかもわからない。一生の問題だから、きちんと書いていらっしゃい！」と厳しく言いました。

普段は何も言わなくても、慣れ合いは嫌い。どう見ても「優しいおばあさん」にはなれないんでしょうけれど、そのけじめはつけなければと思います。

笹本　子どもを育てたことがないから「優しいおばあさん」としての向き合い方がわかりませんね、わたくしも。

若い人に対する包容力はないかもしれませんが、下手な遠慮もしません。その代わり、いろんなことを勉強します。

わたくしなどは、自分に甘えず、一所懸命生きていたら、「優しいおばあさん」だけじゃない何かを感じてくれて、周りが声をかけてくれるんじゃないかな、なんて思っているのですけれど（笑）。

吉沢　そう、まずは自分に責任を持つことだと思います。だからわたしは人との付き合い方で決めていることがあるんです。たとえば先ほどの、お説教じみたことは言わないこと。それと、相手の私生活にあまり踏み込まない。この二つ。

親しくなれば、相手のことをなんでも知っていたいと思うんでしょうけれど、べたべたした慣れ合いというのがわたし自身、苦手なんですね。少し距離があるほうが長続きするような気がしています。相手が言いたくないことまで聞く必要はないと思いますし、お付き合いしている部分だけで仲よくすればいいと思っているんですよ。

人さまの身の上相談にも、あまり関わらないですね。相手の言っていることが甘いとか、甘えていると感じたら「甘えなさんな！」って言いたくなっちゃうでしょう（笑）。それはやっぱりよくないなって思う。相手の育った環境や時代を考えると、こちらの考えが正解だとは言い切れないし、傷つけるだけかなぁとも考えますから。

だからあれこれ言わないで、むしろ聞くことのほうが大事だと思います。黙って聞いているだけでも、相手は胸のつかえが下りるんじゃないでしょうか。それも手ごたえのある聞き手になってあげることですよね。

笹本 わたくしもそうね。話を聞いて「わたくしならこう考えますけれど」くらいのアドバイスはしても、できるだけ聞き役に回りますね。押し付けたり、断定するようなもの言いだけはしないように気をつけます。

吉沢 それが歳を重ねた者が持てる力かもしれませんものね。

誰かの役に立つという幸せ

笹本 それにしても「淋しい」と訴える老年の人たちが多いですね。

老齢になって体が思うように動かなくなれば、心細さで人の温もりがほしくなるし、人に優しくされたい、気に掛けてもらいたい、という気持ちはわかりますけれど、相手にいくら求めても、誰も振り向いてはくれない。悲しいけれど、それが現実ね。愚痴ったり、ひがんだりしても、それではますます孤立するだけですものね。「老人よ、外に出よう」じゃないけれど、大切なのは自分にできることを見つけることなんじゃないかしら。

吉沢

ひとりひとりの生き方があるし、誰もが自分のことが大事ですからね。人のことに構っていられないのは当たり前なんですよ。

大学時代の一時期、うちで寝泊りしていた親戚の娘がいるんですね。その娘が結婚し、子どもを産んで母親になってからは、滅多に会うこともなくなりましてね。そりゃ、どうしているかしら、って思いますよ。けれども彼女自身の生活があるんだから、用がない限り来なくていいと思いますしね。

でも何かのときには声を掛けてくれますから、それで十分だと思っているんです。こちらも自分の生活を大切にしているから。お互いに気持ちの負担をかけ合わないから、いつまでも仲よくできるのかなと思っています。

孤立しがちな人は、たいてい人に何かしてあげたら、（自分にも）してもらえる、してもらうのは当たり前って思い過ぎているのではないでしょうか。そういう気持ちが見えたりすると、人って寄り付かなくなってしまうんですね。それは逆の立場になって考えれば、わかることです。

わたしの親戚にもいるんですよ、そういう人が。やってくれるのが当たり前だと思って、ああだ、こうだって文句言っています。それで却って人が寄り付かなくなっちゃう。見ていて、あの人あれ言わなきゃいいのに、と思うんですけれど、またそれを言えばその人を傷つけると思うから、こちらも黙ってしまう。

結局、家族がいる、いないに関わらず、みんなひとりなんですよ。だから、自分ができることをして、どうしてもできないことは人の助けを借りればいい。そうやってできる限り人に寄りかからずに生きていくしかないいんじゃないでしょうか。やっぱり歳を重ねた分、賢くならなきゃいけませんね。

笹本　詩人の**石垣《いしがき》りん**さんに「表札」という詩があって、それは自分が住むところには自分で表札を出すというのだけれど、わたくしはね、老年になってもその意識を持つことはとても大事なことだと思っています。

年金暮らしになると途端に働く人生からもリタイヤしてしまう人たちが多いけど、そうじゃないでしょう、と言いたい。自ら老人という衣に着替えて、人生を諦めてしまうんですか、と訊いてみたいですね。

そういう人に限って「淋しい」と訴え、「老人を大切にしない」と嘆くような気がします。

わたくしは七〇代でもう一度自分のやりたいことを仕事にしましたけれど、そりゃそれからだって苦しいことは多々あったし、孤独に沈んだことだってありますよ。でも、沈んだままにならなかったのは、自分はどうしたいのかという意志があったから、やりたいと思うことがあったからです。だから、笑って今日を迎えていられるんだと思っています。

吉沢　結局そうなんですね。生きている限り、自分の名前で生き続ける幸せを、捨てちゃいけないと思います。

北林谷榮さんの言葉が、今も心に残っているってお話ししましたけれど、実は北林さんのおばあさまに、わたしは若い頃お目にかかっていましてね。

栄養学校に通っていた昭和一〇年代後半でしたが、のちに夫になる古谷の仕事をアルバイトで手伝っていて、それが「老女聞き書き」でした。お年寄りに子どもの頃に家庭でしつけられたことなどを聴いて

＊石垣りん…東京都生まれ。（一九二〇〜二〇〇四年）詩人。同人誌『断層』を出し、詩や小説を発表。第二次世界大戦後は、職場の組合活動にも参加しながら詩作を続けた。詩集『私の前にある鍋とお釜と燃える火と』で注目を浴び、第二詩集『表札など』では、第一九回H氏賞を受賞。エッセイ集『焔に手をかざして』、『詩の中の風景』などでも注目された。

回るのです。

お会いしたとき、北林さんのおばあさまは、九〇代ぐらいでしたね。何度かお目にかかりましたが、いつも小柄な体にきりっとした着物姿で、「お待ちしておりました」と、端正なお辞儀で迎えてくださいました。

あるとき、夕方を回った時刻でしたが、ご挨拶のあと「ちょっとお待ちを」とおばあさまは台所に入られて、すぐに漆《うるし》のお皿に一口大の小さなおにぎりをのせて出てこられましてね。上に沢庵、貝のしぐれ煮、紅しょうが、でんぶ、青海苔を少しずつのせた五色のおにぎりです。

ご自分は先ほど食事を済ませたが、若いわたしがお腹を空かせて駆けつけてくるのではないかと心配して、作って置いてくださったんですね。当時の少ない配給米の中から握ってくださったおにぎりの、そのおいしかったこと。おにぎりをほおばるわたしに、丁寧にお茶をいれてくださるおばあさまのその姿とおにぎりの味は、生涯忘れられない記憶の一つなんですよ。

こんなふうに〝老い〟という年輪の豊かさ、優しさを若い人の心に残すような歳の重ね方もあるのだなあと思います。

だからというわけじゃないけれど、わたしも高齢者の役割として、自分の体験のなかの知恵や知識など、できるだけ、いいことだけを若い人たちに伝えていきたいですね。

老年になれば日々、肉体的な自由は奪われるけれども、それに変わる豊かさや、面白さがあることを、やっぱり生活を通して伝えていきたい。これがわたしの役割なのではないかと思っているんです。

笹本 北林さんのおばあさまのような〝心のおもてなし〟は、祖母や母を思い出しても、昔はまだそういう相手を思い遣る心の余裕を持っている人たちがいましたね。
そんな母が今のわたくしを見たら、何て言うかしら（笑）。だって「余命いくばくもないわ」と言いながら、まだ、夢を描いているんですからね。

吉沢　夢、ですか？

笹本　はい。北海道・夕張市に高齢者と若者が触れ合うようなシニアのユートピアを創りたいという夢です。二〇年前にフランスにある高齢になったアーティストたちの老人ホームを見学したことがありましたが、そのときの楽しい思い出が残っているのね。自分が入居したいような施設があればいいと思いますから。で、今また胸のうちが熱くなってきていますの（笑）。

それに、数年前、都庁の職員だった若者が、過疎化の進む夕張市の再建に乗り出したと知ったとき、「おおっ！　こんな若者がいるんだ」とうれしくなりましてね。現夕張市長の鈴木直道《すずきなおみち》さんです。その思いを今日まで引きずっていて、わたくしにできることがあれば、お手伝いしたいと思ってきたのです。

だって、一所懸命な若い人を見ると、応援したくなるじゃありませんか。だから、わたくしの夢も夢では終われません（笑）。

吉沢　そうです、応援したくなる。じつはわたしもお友だちが始めた老人給食のボランティアを、初めの頃から手伝ってきました。もう三〇周年を迎えていると思いますが、今はお友だちが亡くなってそのご子息が後を継いで頑張っていますからね。今のわたしができるお手伝いは、理事を引き受けてわたしができることで力を貸すことぐらいですけれど。

老齢になっても自分の役割が、何でもいい、ひとつでもあるというのは一番の幸せですよね。それも誰かのためになるなら、なおさらのこと。それができることの喜びを感じています。

吉沢久子
わたしのこと

与えられた人生を一所懸命

◎平凡であることの幸せ

わたしの中に〝生き方の道しるべ〟のようになっている言葉があります。夫（古谷綱武氏）と結婚してから、初めてある方の結婚披露宴に参列した折でした。祝辞に立たれた**坪田譲治**《つぼたじょうじ》先生（児童文学作家）がこうおっしゃったのです。

「あんまり大きな望みは持たず、ひとつひとつ丁寧におやりなさい」

それを聞いて、ハッとしました。

誰もが言うのは「大志を抱け」ということですけれども、あまり最初から大きな目標を掲げても、できないことのほうが多いものです。挫折感で立ち直れなくなるかもしれない。でも小さな目標なら、叶えることはそう難しくはない。「あっ、できた！」と思えたら、その自信でもう一つ先の目標に向かって進んでいける。小さな積み重ねの達成感を大事にしなさい、と坪田先生はおっしゃったわけですね。

わたしはまだ三〇代で、自分の可能性を信じて、あれもしたい、これもできるはず、と胸膨らませていた頃でしたから、そんなおごりを指摘されたような気がして、以来、心に刻みました。

振り返ってみれば、わたしもそんなに大きな欲望を持つ人間じゃなかったことが、自分を幸せにしてくれたのだなと、この頃つくづく感じているんですよ。

＊坪田譲治…（一八九〇〜一九八二年）児童文学作家・日本藝術院会員。岡山県生まれ。朝日新聞夕刊の新聞小説として連載した『風の中の子供』が、支持を得て人気作家に。戦後は、日本児童文学者協会の第三代会長などを務めた。後年は自らも早大童話会に続いて童話雑誌「びわの実学校」を主宰し、松谷みよ子、あまんきみこ、寺村輝夫、大石真等の後進を育てた。

「平凡に生きる」ということがほんとに一番大事で、一番幸せなことなんじゃないかと思います。

◎わたしの仕事

わたしは家事評論家の草分けみたいに言われていますけれど、自分からこういう仕事がしたくて家事評論家になったわけではないのです。

古谷は酒を飲む相手がほしいので、みんなを誘ってよく家で飲んだり食べたりしましたから、わが家のお惣菜をお出しするんですね。すると、新聞社の方から「お惣菜のヒント」というコーナーに、この料理の作り方を書いてくれないかと頼まれる。

また、家庭を持ったあとも仕事を続けていたわたしは、細切れの空き時間を利用することで、うるさい夫に文句を言わせない家事の工夫を何かの折にお話ししたら、雑誌にそれを書いてくれと言われます。そういう仕事がだんだん増えていって、いつの間にか「家事評論家」という肩書きをいただいていたんです。

マスコミにまだ家事案内的なものがあまりない時代でしたから、わたしの生活を楽しむための工夫を喜んでいただけたのでしょう。それも今にして思えば、日常の小さな積み重ねによって踏み出せた一歩でした。

その後、時代の流れとともに欧米の生活スタイルが持て囃《はや》されるようになると、合理的・効率的という視点で生活改革を提案される家事評論家の方々が増えましたが、そんな中でもわたしは「自分は自分だから」という考え方でやってきました。いくら洗濯の手間を省けるといっても、たとえば下着と布きんを一緒には洗えない人間ですから。でも自分はできないけれど、できる人はそれでいいじゃないの、っていうことですよね。

その頃に、ちょっと気になったことがありましてね。

ラジオの相談コーナーの回答者の仕事をしていたときのこと。「いただきものの蒲鉾《かまぼこ》をそのままにしておいたらベトベトになってしまったけれど、食べてもいいでしょうか?」などという問い合わせが当たり前のように来るんですね。わたし、こういう消費者を作ったらこれは罪悪だと思いました。こんなことまで手取り足取り教える家事評論家なら要らないと思ったから、女性誌に〝家事評論家などない時代へ〟(『婦人公論』)ということを書いたのです。

それに編集部が「家事評論家廃業宣言」というタイトルをつけて掲載しました。あとから編集担当者が「あれで仕事減りませんでしたか」って心配してくれましたけれど、別にそれならそれで仕方がないと思っていました。

わたしのような仕事というのは、提案したことがそのときに役に立っても、しばらくしたら役に立たないとか、そういうことじゃいけないと思うんです。家事評論家としてのわたしの生き方を通して、読者が「あっ、そうね」と気づいてくださるかどうかが大切なんだと思っていますから。

だからわたしは、時流ということに関係なく、いつも、「自分は、自分だから」と思って生きてきただけなんです。

◎姑との同居、そして介護

夫は生前、わたしのことをよくこんなふうに言っていました。

「困ったことにぶつかると、却って笑い出すようなアッケラカンとしたところが、君の持っている生活力かもしれないな」

褒めて言ってくれたのかどうかわかりませんけれど（笑）、人一倍気難しい夫と付き合っていくには、それくらいでないとやっていけませんでしたから……。でもそのとき苦労と思っていたことが、けっして苦労じゃなかったんだとあとになってわかるんですけれど。

たとえば姑が亡くなったのは九六歳ですが、その二年半ほど前から認知症の症状が出て、最後の半年くらいは寝たきりの状態でした。

姑のことをお話すれば長くなりますから割愛しますが（編注・吉沢久子著『素敵な老いじたく』に詳しい）、姑は恵まれた外交官夫人の座を捨て、古谷を頭に五人の子どもを置いて、恋に生きた人でした。離婚後のそれからがどんなに困難な人生になるかはわかりきっていたのでしょうけれど、それでも自分に正直に生きることを選択した姑を、わたしは「なんと勇気のあるすてきな女性だろう」と思っていました。

再婚した連れ合いを亡くした姑が、わたしたち長男夫婦の家で同居を始めたのは姑七六歳、わたしは四〇代半ばのときでしたが、それから二〇年間、わたしにとって姑は「すてきなおばあちゃま」であり続けました。

外交官の家に生まれ、外交官と結婚して長い海外生活で身についた英語を、老後の生きがいとして役立てたらどうかと勧めたのは古谷でしたが、その言葉に背を押されて、姑は九〇歳過ぎまで若い人を相手に英語を教えていました。また、わたしたち夫婦が古代史の勉強を始めたとき、「これを翻訳してみようかしら」と、姑は『古事記』の英訳に取り組み始めたものでした。

知的好奇心に満ちて、しかもお洒落で、生活を楽しむ知恵とセンスにあふれ、それでいて茨《いばら》の道を歩くことをあえて選んだ人だからでしょうね。人の哀しみがよくわかっていた人でした。

そういうすてきな人が認知症になって、壊れていく姿をわたしは誰にも見せたくなかったから、抱え込んでしまったんですね。下の世話からすべてしましたけれど、誰々に何々を盗まれたとか言って、盗難届けをわたしのところに持ってくるようになって、介護の人も頼めなくなってしまった。

どうしてあんなにすてきな人がこうなってしまったんだろう、って思うほど、姑が壊れていくのを見ているのは切なかった。でも、あるときフッと気がついたんです。いや、これはわたしの明日の姿かもしれないと。

そう思ったら、気持ちが変わりました。この姿をよく見ておこうと。何か、自分の老後のための予行演習をしているみたいな気持ちになって、それまで辛いと思っていたことが辛いと感じなくなりましたね。

これがもし普段から姑との仲が悪かったりしたら、こんなふうに気持ちの切り替えはできなかったのでしょうけれど。本当に人の幸、不幸を左右するのは、日常的な積み重ねの中にあるのだと、改めて教えられた気がしますね。

◎ひとり自分時間の愉しみ

姑の死から三年後に、今度は夫を見送りました。晩年は老人性うつ病に苦しみましたけれど、寝付いたのは最後の一ヶ月ほどで、静かな最期でした。

晩年の夫はよくこんなことを言っていました。

「歳を取ると、人は円熟するというのは大間違いで、（他人が見てもそう思うとしたら）それは衰弱したということだ。年寄りを労わるための言葉だと思わないか？」

まさに夫らしい言い方で、思い出すたびにおかしくなるんですよ。でもまさにそうだなと思います。

実生活すべてを妻ひとりに押し付けて、思うがままに生きたような夫でしたが、人間の真理を突くような鋭い視点を持っていて、多くのことを教えてもらいましたから、これもわたしの幸せの一つだったのかと、今になって思いますね（笑）。

話は戻りますが、ひとりになった姑に、わたしたち夫婦と同居しないかと夫が話を持ち掛けたとき、余生を老人ホームで送る心づもりをしていた姑が言いました。

「わたしは七六歳の今日まで、おさんどん（台所仕事）と働くことに追われて暮らしてきたから、いつかひとりになってたっぷり時間ができたら、やりたいと思っていたことがたくさんあるのよ。お習字、それから読書。読みたいと思っていた本が山ほどあるの。これから好きなだけ読書ができると思うとうれしくて……」

夫を送ったあとのわたしも同じ気持ちでした。これからは自分のためだけに生きられる、自分のためだけに時間が使えると思うと、解き放たれたように感じたものでした。まだ六五歳でしたから、あまり老いを感じてもいませんでした。それから一〇年ほどは、まあ目まぐるしく一気に時間が過ぎていきましたが、人生で一番幸せな時期でしたね。

◎「物」だけではなく、「欲望」も整理する

老いを実感し始めたのは七〇代後半です。脚が痛くなったりして、体を動かすのが億劫になってきた頃。だからといって心細かったり、ひとりの時間が辛いとは思いませんでした。〝家族に囲まれる幸せ〟を一番に求めている方もいらっしゃるでしょうけれど、わたしは〝わたしの幸せ〟を大事にしたい。半世紀近く住み慣れた家で、勝手気ままに暮らすことを選択しました。

ただ、ひとりになったとき、老後の人生設計だけは整えました。遺言を書き、万一のときの対処とか、お葬式、献体の手配など事務的な整理のほかに、〝欲望の整理〟ということを頭に入れましたね。

たとえば、まだまだやりたいことはあるけれど、ある程度整理しないとこれからは衰える一方だから、と心しました。物に対する整理もありますし、健康でいるための食事管理、これからは年齢と相談して食べなくてはダメだ

よ、と自分に言い聞かせました。思えば、欲望は小さいほど心豊かに暮らせる、というのが実感ですね。

そのくらいのことですが、これからもできる限り残された時間を丁寧に味わいながら暮らしたいというのがわたしの願い。九六歳まで生きた姑は「その年にならなければ、わからないことってあるものよ」と、老いていくこと自体を楽しんでいるふうでしたけれど、そんな姑の老い方を、いいなぁと思っていますね。

今年の春先に風邪を引いて二日間、寝てしまいました。身近な人には「(寝たいから)来ないでね」と連絡をして、面会謝絶にしました(笑)。ちょうど甥の娘の結婚式でしたけれど、当日の朝、やっぱりここは休もうと欠席の電話を入れてずっと寝ていました。無理すれば結婚式に出席できなくもなかったんです。だけれど無理をしてあとで寝込んだりしたら、そのほうが周りに迷惑が掛かります。そういうときの判断は、すごく早いんです。

老年のひとり暮らしに必要なのは、自己管理する力だと思います。自己中心というのは、悪い言葉のようだけれど、必要なこと。周りに迷惑をかけないための最低限の心遣いだと思っているんですよ。

加えて老年期に必要なのは、自分の〝仕事〟を持つことでしょうね。お金になろうがなるまいが、自分がやりたいこと、これをやっていたら一生退屈しないというものを持っていることなんじゃないでしょうか。

わたしは体を動かす仕事ができなくなったら、若い頃からの夢で、童話を書きたいと思っていたんです。けれどやはり感性が瑞々《みずみず》しくないと童話は書けません。わたしができることといえば台所からの視点を綴《つづ》っていくことですから、長年温めてきている「台所の戦後史」を、これから書き残したいと思っています。

資料も少しずつ集まってきていますから、大きな窓のあるわが家の台所で、お芋をむいたり、緑の茂みを眺めたりしながら、これからも原稿用紙に万年筆を運びましょうか。精一杯生きていれば、あとはもう、なるようになる。そう覚悟を決めていますから、心は満ちています。

普段の生活、少しだけお見せします

吉沢久子

お気に入りの場所は、ちょっと考えて思いついたのが、この台所です。大きな窓があるので、開放感があって、気持ちがいい場所なんです。夏になると流し台の向こうにも緑が茂ってきれい。気候がよければ窓を開けることもよくあります。

椅子に座って料理の下ごしらえをしたり、紅茶を飲んでのんびりしたり、ただただボーっとしていたり。気が付くと居眠りしていることもあるんですよ。わたしにとってはそれだけ、居心地のいい場所なのです。

この家には半世紀以上住んでいるので、ひとりでもまったく淋しくありません。それというのも、家族の歴史や思い出がいっぱい詰まっているから。どこを見ても、いろいろな思い出が染みついています。

ひとり暮らしの気楽さで、食事は台所に丸椅子に腰かけて摂ったり、リビングなどで摂ることもあるんです。でも、「お盆に乗せれば一応、食卓だ」と自分に言い訳しながらですけれど（笑）。

お酒はひとりでは飲みません。昔、父がかなりの酒好きで、夫も酒好き。酔っぱらって演説が始まるのを、「はいはい」と聞いていました。たまに、姑と、「わたしたちも飲みましょう」、と飲むこともありました。来客があれば、一緒に飲むこともあります。

見つかってしまいましたね（笑）。こうして人参も切れ端を水につけておけば、葉が成長して、お料理に使えます。ほかにもいろいろなお野菜で二次利用ができます。

食器類はひとり暮らしにしては多いかもしれませんね。食器の間に紙を敷いておけば、ちょっとの衝撃で器が割れることはありません。先の大震災のときも、まったく無事でした。

冷蔵庫は二台。これもひとり暮らしには多いですね（笑）。冷凍しておいて料理に使うものも多いですし、一度の買い物でたくさんの食材を買えますから、二台は必要です。

来客用に、ビールとワインは常備しています。ビールは一杯か一杯半。ワイン（赤）はわりと好きで、二、三杯は飲めるでしょうか。今でも「むれの会」のあとにトンカツ弁当などをとって、みんなでよく飲んでいるんです。昔は、みんなお弁当や料理を持ち寄っていたけれど、高齢化で今はもっぱらお弁当。阿部絢子さん（生活研究家）は、かなりの酒豪ね（笑）。

わが家は風通しがいいので、窓を開けると夏場でもエアコンいらず。よく、都内で暑くないですか、と驚かれますけれど、台所にはエアコンなしで、扇風機だけ。それで十分なんです。エアコンがあるのは、「むれの会」にも使う、この客間だけです。それに、わが家にはたくさん窓があるのが特徴ですね。周辺にも高い建物がないので、どこにいても青空が見えるんですよ。家にいても外にいるみたいね（笑）。

執筆は主にここでします。執筆の合間に外を見ながら紅茶を飲んだり。わたしは、珈琲より紅茶が好きです。朝食には必ず紅茶をいただきます。みなさん、それを知っていらっしゃるのでいただきものが多くて、最近は自分ではほとんど買うことがなくなりました（笑）。一日四杯くらいは飲んでしまいます。

愛読書というほどのものはないけれど、強いて挙げればターシャ・テューダーの絵本や写真集でしょうか。文章を書いていて行き詰まったときに読む、というか眺める。あるいは、ちょっと時間が空いたときにページを開いてみる。するとスーッと気持ちがリフレッシュするんですね。ターシャの家は森の中にあって、わたしのあこがれの暮らしです。

いつの間にか、たくさんの本が集まりました。客間は壁一面、書棚になってしまって。ほとんどが資料として使うものです。ご恵贈いただく本もあるので、整理がなかなか大変です。

リビングはあまり利用することはありませんね。ただ、気持ちのいい陽射しが入ってくるので、鉢植えの植物たちは元気ですし、わたしもたまにソファでうたた寝することがあります。

庭では、台所から近い場所に、ローズマリーやイタリアンパセリ、パセリ、サニーレタスなどを育てて、必要な時に収穫しています。料理に新鮮な採れたてが使えます。

日当たりがいいので、冬でもよく育つのはありがたいですね。玄関先の庭にもいろいろ植えていますが、今年は雪でやられてしまいました。この前は、立派なアロエが育ったので、おいしくいただきました。

175　普段の生活　吉沢久子

万年筆は太いほうが持ちやすく書きやすくていいですね。
　主に四本の万年筆を使い分けています。左から、二本のモンブラン製と、二本のパイロット製。モンブランの一本はわたしの初めての海外旅行先のドイツで、自分で買った記念の万年筆なんです。

　お仕事での原稿書きなど、執筆は大変ですけれど、愉しい時間でもあります。最近ではパソコンで文字を書く方が多いようですが、手書きのよさは、ゆっくりていねいに文章を考えられること。それに、漢字も忘れませんし、手を動かすのは脳にいいといいますね。
　この歳になると、もの忘れも多くなりますが、できるだけ思い出す努力をしたほうが脳のトレーニングになると聞いて、思い出すように頑張っています。電話でお話していて思い出せないことがあったら、切ったあとに「何だったかしら」と頑張る。思い出せたら、すぐにかけ直して「さっきのあれはね……」ということもよくあります（笑）。

吉沢久子さんの一日の平均的スケジュール

6時	目覚め テレビなどを見て過ごす。
8時30分	起床 植物への水遣り、メダカのエサ遣り。
9時45分	朝食の準備
10時	朝食
11時	原稿執筆、手紙の返事書き、仕事関係の電話など 昼食はなし。代わりにお菓子や果物を少し。 家の片づけ 来客とのお喋り
18時	夕食の準備
18時30分	夕食 お菓子などを食べる場合はなるべく20時までに。
19時30分	夕刊を読む、読書、テレビを見る
23時	入浴
24時	就寝

あくまで平均的なスケジュールで、日によって時間は変わります。どのようにでも時間をアレンジできるのが、ひとり暮らしのよさでもあります。

❼　大切にしていることは何ですか？
何はなくとも、やはり健康です。

❽　大切な人はいますか？
特定の人というより、みなさんと仲よくお付き合いをして平穏な気持ちで過ごしたい。ですから、みなさん大切な人です。

❾　誕生日はいつもどう過ごしていますか？
お友だちや、姪などが何度かパーティーを開いてくれます。誕生日当日は、ひとりで、いつもと変わらない日を送ることが多いですね。

❿　今、したいことはありますか？
したいこと、というかしなければならないことはあります。それは自分が病気をしたときにどうするかということ。もう自宅には戻れないと思いますから、どこに行くかなどを決めておかなければ。

⓫　今、困っていることはありますか？
家が片付かないこと（笑）。以前のように体が動かないので、みなさんには、「ゴミ屋敷」って言っているんです。

⓬　今、欲しいものは何ですか？
欲しいものはありませんね。むしろ、処分や整理をしなければなりません。みんなと仲よく気持ちよく暮らすことが一番です。

吉沢さんに18の質問

❶ 睡眠時間は何時間ですか？

6時間ほどです。起床は8時半ですが、6時には目覚めて寝床でテレビを見たりしています。

❷ 好きなテレビ番組は何ですか？

わたしは動物が好きなので、ＮＨＫの「ダーウィンが来た！生きもの新伝説」をよく見ます。ほかには、夜と朝のニュース番組をよく見ます。

❸ 一番幸せと思うのはどんなときですか？

今が一番幸せ。どんなときもひとり気ままに暮らせるのが一番ですね。

❹ 何をしているときが楽しいですか？

わたしの場合は、やはりお料理しているときです。何を食べてやろうかしら（笑）、と思いながら調理するのは楽しいものです。

❺ 一番辛いと思うことは何でしょう？

自由に外出できないこと。最近は段差もないのに転ぶようになったので、慎重になっています。昔のように気軽に外に出られなくなりました。

❻ 大切にしているものは何ですか？

気に入っている物はお形見としてみんなに分けています。できるだけ物は手放していますが、瀬戸物など、思い出があるものは身近に置いていますね。

も悪いことも。いいことばかりの人生はないし、悪いことばかりの人生もありません。

⓭　これだけはしたくないと思っていることは？

人を貶《おとし》めるようなことです。自分がされたら嫌なことは、他人にもしないことですね。

⓮　最後の晩餐には何が食べたいですか？

わたしは塩鮭が好きなので、薄塩の鮭を焼いたものにできたてのご飯がいいですね。贅沢なものより、普段から食べているものを選びます。

⓯　人生やり直せたら何をしたいですか？

平凡にあまり目立たないように暮らしてきたつもりですが、できればもっと平凡に生きたい。子どものように楽しくおおらかに毎日が過ごせたら素晴らしい。

⓰　人生の後悔はありますか？

一所懸命生きてきたと思いますので、小さな後悔はあっても、大きな後悔はないです。

⓱　もし、一つだけ願いが叶うとしたら？

家を建て替えること。魔法のようにパッと（笑）。古い家なので、いろいろ大変で、気になることが多いので。60代から70代の時に立て替えておくべきでした。これは少し後悔しています。

⓲　今日までの人生の満足度は何点ですか？

そうですね……。点数は難しいけれど、半分半分。いいこと

吉沢久子さんの元気を支える食生活五ヶ条

その一

食べたいものを自分で作る……食べたいものを自分で作るのは、体のためだけではなく、心の栄養という意味でも大きな力になるとご自身の体験から実感。食べたいものとは、吉沢さんの場合、たとえば焼きおにぎり、厚焼き玉子、ポテトサラダなど。いわゆる、〝手が届くところにある味〟を大切にする。

その二

ご飯を炊くときは一回に三カップ分……あまり少量のお米ではおいしく炊けないので、ひとりでも三カップ以上を炊く。炊き上がったら、一回に食べられる分量をラップに包んで冷凍。お昼どきやおやつ用に、小さなおにぎりにしておいて、電子レンジで温めて

いただいてもよい。お酒で割った醤油をつけてオーブントースターで焼きおにぎりにしたり、お酒でのばした味噌を塗って七味唐辛子をふりかけ、一回分の分量をラップに包んで冷凍しておく。食べるときは、電子レンジで温めてそのままでも、ほうじ茶でお茶づけをしても香ばしくて美味しい。みょうがやしょうがのせん切り、切胡麻、三つ葉などの薬味を添えて。

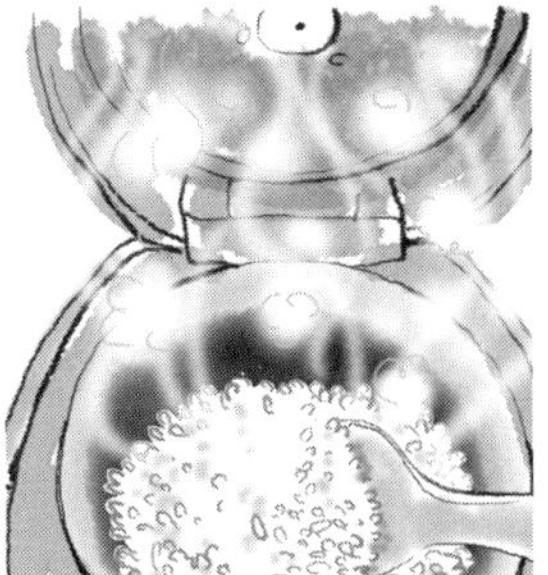

その三

料理はできるだけ薄味に……できるだけ素材の味を堪能するために、調味料は控えめに。同時に塩分を減らすことができる。

その四

「量より質」を大切に……高齢になれば段々と食が細くなりがち。しかし、元気の源は食欲にあり。量より質を大切に。まずいと思って食事するのではなく、「おいしい」と思いながら食事を楽しむ。

そのためにも、例えばお肉は、ヒレでもロースでも上等の美味しいところを少量食べる。

その五

旬の野菜・果物をまず真っ先に食卓に……旬のものをいただくのは食事の最高の楽しみ。

たとえば五月なら、新キャベツ、新じゃが、新たまねぎ、初鰹……とズラリ。それに路地もののグリンピースの最盛期。

グリンピースはサヤつきを買って、実を外し、すぐに煮びたしに。お吸い物より少し濃いめの塩味にして、香りづけにお酒、醤油を落とした煮汁を煮立て、中にグリンピースの実を入れて、柔らかくなるまで煮る。煮上がったらお椀によそって、ヒタヒタに汁を張り、お茶漬けのように食べる。季節ならではの至福の一品が出来上がり。

普段の食事

朝食……三食のうちで一番いろいろなものを食べる。姑はイギリス風の食べ方が好きで、ずっとコンチネンタルスタイルの朝食だったので、今もそのままに。定番のメニューは、カリカリのトーストにたっぷりの紅茶、ほうれん草などの野菜炒めに卵、ベーコンやソーセージを添える。それに好物のチーズとヨーグルトと果物。

昼食……あまり食べない。お菓子か果物くらいで済ませることが多い。

夕食……六時半頃というのが昔からの習慣で、夕食は食べたいものを食べる。取り寄せた美味しい季節の魚や、お肉なら焼いて大根おろしでさっぱりいただく。ほかにはきんぴらごぼう、切干大根、高野豆腐などの煮物はいつも作り置きしてある。ご飯は軽くお茶碗一杯に。

一品レシピ

牛乳雑炊

寒いとき、体調を崩したときの朝食として手がかからず、体も温まる理想的な一品

①冷やご飯に熱湯を加えて白がゆを作り、そこに牛乳をカップ一杯ほど加える。

②青菜やわかめ、にんじん、ふかしたサツマイモなどあり合わせの野菜を入れ、最後に刻みねぎを加えて、卵を落とす。粉チーズを降りかけてもおいしい。

この牛乳雑炊は、亡き香川《かがわ》綾《あや》先生（女子栄養大学前学長）に教えていただいたもの。先生が朝〝牛乳がゆ〟を召し上がっていると聞いて、早速取り入れました。心も体も温まる寒い日の理想的バランス食です。

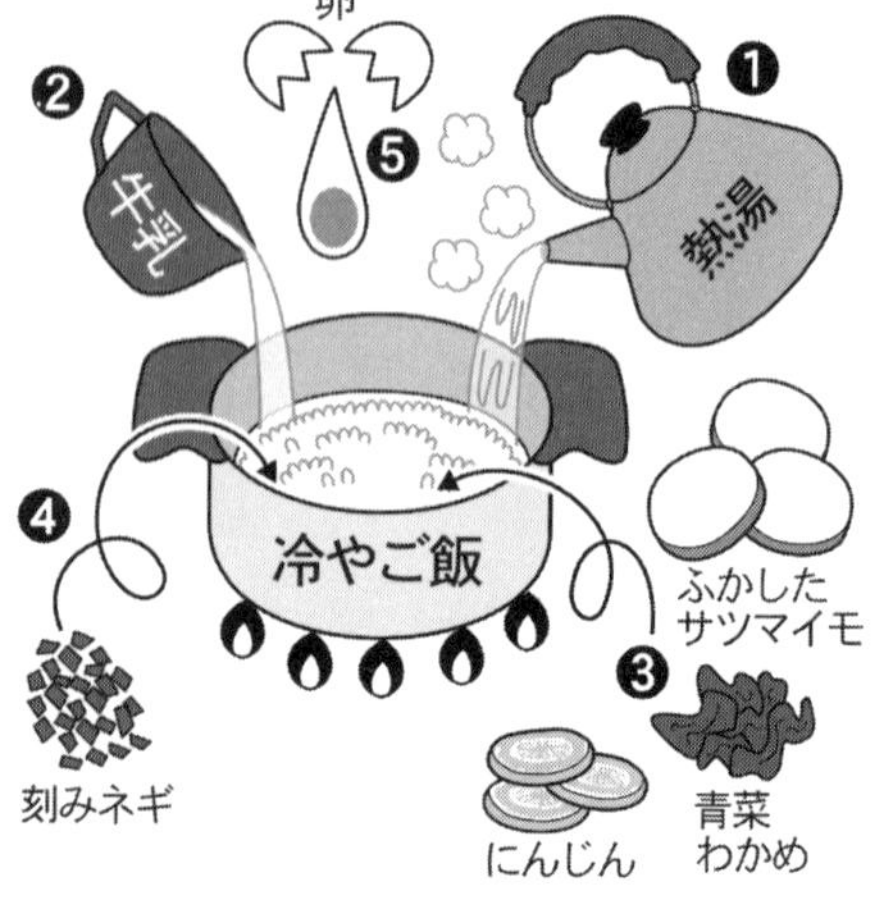

往復書簡「その後、いかがお過ごしですか？」

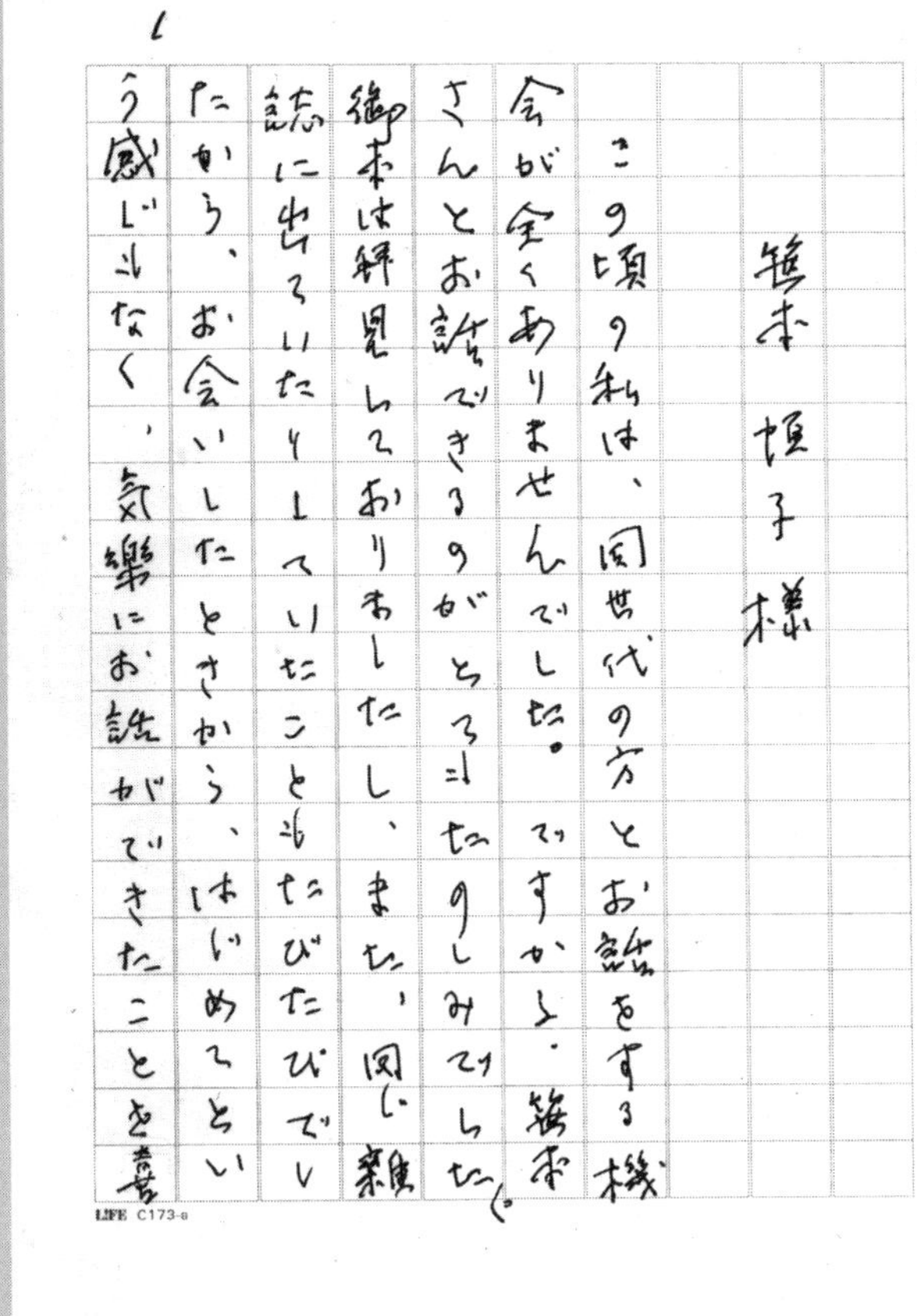

1

笹本恒子様

この頃の私は、同世代の方とお話をする機会が全くありませんでした。ですから、笹本さんとお話できるのがとても楽しみでした。御本は拝見しておりましたし、また、同じ雑誌に出ていたりしていたこともたびたびでしたから、お会いしたときから、はじめてという感じもなく、気楽にお話ができたことを喜

LIFE C173-a

2

んでおります。

対談が終って、私も赤ワインが好きですので、今度ごいっしょにワインをのみませんかなんていってしまいましたが、あとで、先輩にいう言葉ではなかったと反省いたしました。でも、本当に、ワインをいただきながら、もっといろいろなお話がしたいと思っています。本が出ましたら、ぜひごいっしょに。

いくつになっても、いい御縁というのはあるものですね。とてもうれしく思っています。

LIFE C173 a

3

明日のことはわかりませんが、とにかく、生かされている間は、たのしく、元気に生きて参りましょう。おめにかかれる日をたのしみに。

吉沢久子

LIFE C173-a

吉沢久子様

先日は、思いがけなく、お目もじが出来ましてて、大へん嬉しうございました。実は私こと、ずっと以前、ご主人様の古谷綱武先生をTVでお見かけし、そのお話と共に、すっかり魅了され、是非お逢いしたい、取材をさせていただきたいと、思っておりました。しかし、フリーの私には、そのチャンスも無く時が過ぎ、先生のご逝去を知り、がっかりいたしました。

2

その後、家事評論家の吉沢先生が、奥様でいらしったことを知り、いつかお逢いしたい、と思っておりましたので、今回はとても嬉しい対談でございました。

またお話によれば、私が取材させていただいた明治生まれの女性先達者の方々とも、交流が深くいらっしゃるよう、おさそいどおり、ワインを飲みながら、沢山お話を聞かせて下さいませ。

たのしみにいたしております。

[illegible]恒子

笹本恒子（ささもと・つねこ）

1914（大正3）年、東京都生まれ。フォトジャーナリスト。日本写真家協会名誉会員。1940年、財団法人写真協会に入社、日本初の女性フォトジャーナリストとして活躍。一時、写真を離れるが、1985年の写真展開催を機に復帰。2010年に開催した写真展「恒子の昭和」が話題に。著書に『好奇心ガール、いま97歳』（小学館）、『97歳の幸福論。』（講談社）、『笹本恒子の「わたくしの大好き」101』（宝島社）などがある。

吉沢久子（よしざわ・ひさこ）

1918（大正7）年、東京都生まれ。家事評論家。文化学院卒業。速記者となり、文芸評論家の古谷綱武の秘書を務め、その後結婚。料理・家事全般など、日常の暮らしの中で培われてきた、伝統的な知恵や工夫を現代の生活に活かす楽しみを提案。著書に『前向き。』（マガジンハウス）、『あの頃のこと』（清流出版）、『達人吉沢久子老けない生き方、暮らし方』（主婦の友社）など、共著に『ひとりの老後は大丈夫？』（清流出版）などがある。

はつらつ！
恒子さん98歳、久子さん95歳　楽しみのおすそ分け

2013年6月2日発行　　初版第1刷発行

著者………………笹本恒子　吉沢久子

発行者……………藤木健太郎

発行所……………清流出版株式会社

東京都千代田区神田神保町 3-7-1 〒101-0051
電話 03（3288）5405　振替 00130-0-770500
〈編集担当　古満　温〉

印刷・製本………株式会社シナノ パブリッシング プレス

乱丁・落丁本はお取り替え致します。
ISBN978-4-86029-401-4
http://www.seiryupub.co.jp/

わたくし　たちは、あの戦時中、多摩川畔で、
食べられそうな野草を摘んで、食べていま
した。

「おしゃれって、自分のためのもの。
元気に生きるための、みだしなみですね。」